瑞蘭國際

瑞蘭國際

俄羅斯之窗 1
神祕之島福爾摩沙

Окно из России 1
Таинственный остров Формоза

國立政治大學斯拉夫語文學系教授
劉心華
國立政治大學斯拉夫語文學系助理教授
薩承科
Александр Савченко
編著

作者序

Предисловие
автора

本書旨在配合國家政策，培養俄語的涉外事務人才，促進臺灣觀光業的發展；其重要功能是提升俄國人對臺灣國情和文化的了解，進而擴展臺灣在世界的能見度。

毫無疑義，文化的影響可謂潛移默化，潤澤無聲。根據文化人類學家的觀點，語言作為文化的重要元素，不僅影響著一個人的思維方式和對生活世界的感知，更會影響一個人的跨文化的交流能力。近代以來，語言更是文化的具體表現；透過語言的學習，不僅可以體會自己文化的內涵，同時也是跨文化認知和相互理解的有效管道。

以俄語的學習來說，它不再只是創造俄語的情境，而在於由內而外的語言運用，擴大學習者在生活和文化的情境。本書就是將俄語的學習，不再只是限制於俄國生活情境的了解和投入，而是語言的反向運用，讓俄國人對臺灣國情、民情和文化的了解和體驗，包括在地情境、文化、社會、價值觀等面向，以激起他們對臺灣的興趣，也滿足其好奇心。對臺灣的俄語學習者來說，由於對自己生長環境的熟習，更能發揮創意，不僅將語言的學習投射到異文化的情境，也能連結到在地化，讓自我文化得以在異文化情境中定位，在全球化體系中確立存在感；這也是語言學習者需要掌握的「語言習得」。

本套書分為二冊，分別是『俄羅斯之窗 1：神祕之島福爾摩沙』以及『俄羅斯之窗 2：臺灣印象』。兩書以俄語的語境介紹臺灣的自然與人文景象和生活情境，內容包含：臺灣地理環境、自然資源、國情狀況、飲食文化、觀光景點、交通運輸、臺灣特色商品、傳統文化、節慶禮俗、宗教信仰、飲茶文化、醫療保健、日常生活等。透過這樣的學習，學習者將能進一步在生活的面向上體會俄語語境，而且也能真正實用外語，具體地描述臺灣的多元生活方式及文化內涵；這才是臺灣真正的軟實力。

臺灣的大學教育如果能夠透過這種外語教育模式，進行全方位的培育，將可使學習者認識自己、認識世界、繼而在國際網絡中確認自我的存在定位，進而成為國家全民外交與涉外事務之尖兵。

本書的結構包含對話、課文、練習與延伸閱讀；內文中較困難的俄語詞彙或專有名詞皆附有中文翻譯。特別是每一個練習都是以同理心設想俄國人對臺灣感興趣的事物或他們可能提出的問題，進而激發學習者根據自己的知識，發揮創意，並評量可能的成效或成果。

本書在這方面的外語教育上是第一次嘗試，顯然不盡完美，還請有識先進不吝指教。另外，本書的出版也要感謝最初發想與投入努力的茅慧青老師、盧緬彩娃（Румянцева М.В.）老師與沙卡洛娃（Соколова И.А.）老師及後來所有參與的師長、同僚與學生，特別是我所任職的國立政治大學外語學院。

來吧，讓我們用俄語呈現美麗的臺灣——福爾摩沙！

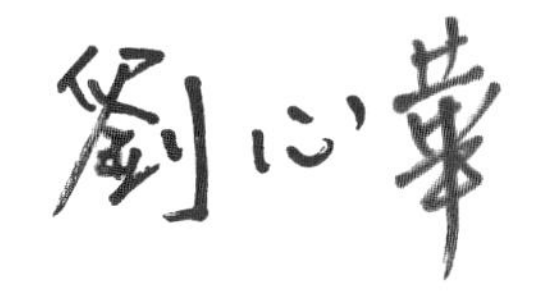

2020.07

作者序

Предисловие
автора

Азиатско-Тихоокеанский регион исторически является не только одним из важнейших торгово-экономических и политических центров, но и интереснейшей частью нашей планеты с редкой по красоте природой, богатейшей историей и разнообразными традициями, связанными со многими странами и живущими в них народами.

Азия издавна привлекала большое количество путешественников: купцов и торговцев, странников и паломников, исследователей и простых туристов. Сюда стремились в поисках смысла жизни, желая обрести внутреннюю гармонию и душевный покой, приезжали, чтобы познать диковинное и необычное, встретиться с неизведанным и таинственным, испытать на себе иной, кардинально отличающийся от привычного, уклад жизни, в конце концов, просто увидеть красоты природы и древние памятники культуры, попробовать экзотические и специфические на вид и вкус блюда…

Одним из уникальных уголков земного шара и символическим «сердцем» Азии по праву считается остров Тайвань. И по своему географическому положению, и по истории, и по своей природной красоте его можно назвать поистине уникальным. Не зря ещё в Средние века португальские путешественники, побывавшие на острове, нарекли его «Формоза» - т.е. «Прекрасный остров». Находясь в окружении таких «великих империй», как материковый Китай, Япония, Корея, а также ближайших соседей – Филиппин, Сингапура, Малайзии, он впитал в себя черты культур многих из них, в первую очередь, конечно, Китая и Японии, которые, наслоившись на традиционную культуру многочисленных местных аборигенских племён, сформировали современный весьма своеобразный, самобытный, специфический и колоритный образ Тайваня. Любопытно и то, что остров пересекает Северный тропик, или тропик Рака; можно сказать, что этот относительно небольшой по размерам остров делится почти на две равные, отличающиеся и по ландшафту, и по климату части, которые, как Инь и Янь, составляют единое гармоничное целое: гористый субтропический Север и равнинный тропический Юг.

Современный, сегодняшний Тайвань – это не только центр науки, электроники, бизнеса и медицины, но и активно развивающееся в области туризма и образования государство, куда с каждым годом приезжает всё больше туристов и учащихся. Они с удовольствием знакомятся с главным богатством острова – его богатейшей и разнообразной, яркой и красочной природой, памятниками культуры и архитектуры, историей и, конечно, с аппетитной, ароматной и вкусной тайваньской кухней. А тайваньская культура чая – это вообще отдельная история!

Предлагаемый учебник – первое учебно-методическое пособие, ориентированное на подготовку гидов-переводчиков, работающих в сфере туризма и обслуживающих русскоговорящих туристов. В нём содержатся основные сведения о географическом положении, истории, культуре и традициях Тайваня, а также представлены основные элементы работы гида-переводчика, связанные со встречей и приёмом клиентов и тургрупп. Пособие ориентировано на изучающих русский язык (а также владеющих русским языком в необходимом объёме знаний и обладающих соответствующими языковыми компетенциями). Книга также адресована широкому кругу читателей, интересующихся историей и культурой Тайваня.

薩承科

2020.07

目次
Оглавление

УРОК 1 ВСТРЕЧА В АЭРОПОРТУ
機場會面

Задание 1.

Прочитайте диалог. Обратите внимание на выделенные выражения.
Скажите, а как бы вы проводили время в аэропорту в ожидании прилёта самолёта?

閱讀對話。注意突出黑體詞組的短語。請說一說，您如何在機場度過時間等候飛機到達？

Тайваньские студенты ждут в аэропорту прилёта русских гостей

Ан Ли: Только что передали, что ***из-за погоды***（= из-за плохих / неблагоприятных погодных условий, по погодным условиям：由於天候因素）рейс из Москвы задерживается на полтора часа.

Ю-мин: Вот так неприятный сюрприз! Опять ***нелётная погода***（無法飛行的天氣）!

Ан Ли: Да, вчера передавали ***предупреждение***（警告）о том, что приближается тайфун.

Ю-мин: Давай ***на всякий случай***（以防萬一）ещё раз ***уточним***（澄清）***время прилёта***（抵達時間）на ***информационном табло***（訊息板上）. / ***смотрят расписание***（接機的人看著時刻表）/ Всё правильно, вот написано, что ***рейс задерживается***（班機延誤了）и ожидается в 16-25.

Ан Ли: ***Ничего не поделаешь***（沒辦法了）, придётся ждать. Пойдём пока что-нибудь ***перекусим***（吃點東西）в буфете.

Ю-мин: Да, давай. Только главное ***не прозевать***（不要錯過）наш рейс, а то пока мы будем есть, самолёт может приземлиться и мы ***пропустим***（錯過、略過）наших гостей.

Ан Ли: Не беспокойся, ***всё под контролем***（一切都在掌控之中）! Тем более я на всякий случай сделал табличку на русском, китайском и английском языках с именами наших гостей. Я буду ***следить за временем и объявлениями по аэропорту***（留意機場的時間和公告）.

Ю-мин: Ладно, только смотри, ***вся ответственность [лежит] на тебе***（所有責任都交付給你；一切靠你了）! Пошли!

Задание 2.

Прочитайте текст, затем: а) составьте к данному тексту 10 вопросов, по которым можно пересказать его содержание; б) перескажите текст.

閱讀文本，然後：a）依課文編寫 10 個問題，以便複述其內容；b）複述課文。

Рассказывают русские туристы:

Наконец-то приземлились. Перелёт был долгим и тяжёлым – мы летели больше десяти часов, к тому же пришлось делать ***вынужденную посадку***（必要的著陸）в Гонконге: ***по погодным условиям***（受天氣影響）***нас не принимал ни один аэропорт***（沒有機場接受我們）Тайваня. Но, как говорится: ***всё хорошо, что хорошо кончается***（結局好，一切就好）. Мы уже давно хотели побывать на Тайване, и теперь наша мечта сбылась. Осталось только ***пройти паспортный и таможенный контроль***（通過護照與海關檢驗）, получить багаж и добраться до города. Хорошо, что нас встречают. Теперь главное – узнать друг друга в толпе встречающих. Ну ничего, ***сориентируемся на месте***（確定自己方位）. Сначала надо ***разобраться со всеми формальностями***（辦理所有手續）.

Первые впечатления（第一印象）после того как мы ***сошли с трапа самолёта***（下飛機舷梯）и оказались внутри аэропорта были самыми благоприятными: сразу же можно легко понять, куда идти: везде ***указатели***（指標）и знаки, все ***надписи дублируются по-английски***（指標說明都用英文標示）. Нужно также отметить, что сотрудники и служащие аэропорта приветливы, таможенники хоть и серьёзны, но вежливы, любезны и доброжелательны.

Довольно быстро получив багаж в ***зоне выдачи багажа***（行李提領處）, мы вышли в ***зал прилёта международных рейсов***（國際航線入境大廳）и стали ***высматривать в толпе***（在人群中搜尋）тех, кто должен нас встречать. Перед выходом из ***зоны таможенного контроля***（ 海 關 檢 查 處 ）толпилось много встречающих: ***глаза разбегались***（眼花撩亂）от множества людей с ***табличками***（標示板）на разных языках с указанием имён прилетевших из ***разных уголков земли***（世界不同的角落） пассажиров. Мы даже немного ***растерялись с непривычки***（因不習慣而不知所措）, ведь мы впервые оказались в таком экзотическом месте – в Азии, на Тайване, в Тайбэе.

По правде говоря, мы не сильно волновались: всегда можно взять такси и добраться до нужного места в городе, тем более, что пока ждали свой багаж, мы уже успели ***снять деньги с карточки***（用提款卡領錢） в банкомате (это намного удобнее, чем менять деньги в ***обменнике***（= ***обменный пункт, пункт обмена валюты***; *разг.* ***обменник***；換匯所））, так что местные деньги – новые тайваньские доллары – уже ***были у нас на руках***（在我們手上了）. Но всё-таки мы немного ***опасались***（擔心）того, что таксист нас не поймёт и ***завезёт не туда, куда надо***（無法載我們去要去的地方）– в интернете на форумах мы читали, что ***далеко не все***（並非所有的）таксисты в Азии хорошо понимают и говорят по-английски, да и наш английский, честно говоря, ***оставляет желать лучшего***（有待進步）.

Но, слава богу, мы, наконец, заметили табличку с нашими именами в руках у пары молодых симпатичных тайваньских ребят – они ***как раз***（正好）и встречали нас в аэропорту. Правда, мы не сразу нашли друг друга: сначала мы ***просмотрели*** ребят и табличку с нашими именами и прошли мимо, и они нас тоже не заметили（***просмотреть = не заметить***；沒有注意看）. Ну, ***ничего страшного***（沒什麼可怕的，沒關係）! Главное, что мы наконец встретились и можем ехать в город, в нашу гостиницу… ***Что ж, начнём, пожалуй***（好吧，讓我們開始吧！）, знакомство с Тайбэем и Тайванем!

Задание 3.

Переведите на русский.
Фразы на паспортном и таможенном контроле

翻譯成俄語。**護照和海關控管處短語。**

❶ 請出示您的護照。

❷ 您參訪臺灣的目的。

❸ 您打算停留臺灣多少時間？

❹ 請出示您的旅館預約。

❺ 請看相機！請將手指置於掃描機。

❻ 您有攜帶任何違禁品來臺灣嗎？

❼ 請打開您的行李、提包。

❽ 請出示個人物品檢查！

❾ 跟隨我檢查行李。

❿ 對不起！食品禁止攜帶入境臺灣。

Задание 4.

Прочитайте диалоги (1-3). Обратите внимание на выделенные выражения.

閱讀對話（1-3）。請注意突出黑體詞組的短語。

Диалог 1. Встреча 會面

Орлов: Извините, ***вы случайно не нас встречаете***（您是來接我們的嗎）? У вас на табличке написаны наши имена.

Ан Ли: Здравствуйте, вы господин Орлов и госпожа Павлова?

Павлова: Да, это мы. Здравствуйте.

Ю-мин: Приветствуем вас на Тайване! Добро пожаловать! Как долетели?

Орлов: Спасибо. Мы тоже рады встрече. Долетели нормально, правда, немного задержались из-за погоды.

Ан Ли: Давайте пройдём к выходу, там нас ждёт такси. Надеюсь, пробок по дороге не будет, и мы где-то минут через 40 – 50 уже будем в городе.

Орлов: Отлично! А как ещё, кроме такси, можно добраться из аэропорта до города?

Ан Ли: От обоих терминалов аэропорта ходят ***комфортабельные автобусы*** （舒適的巴士）. Они довозят пассажиров не только до центра Тайбэя, главного железнодорожного вокзала и ещё одного аэропорта, находящегося ***в черте города*** （在城市範圍內）, но и ***развозят по*** （分載） разным районам Тайбэя и другим городам Тайваня. Есть и специальная линия метро, которая соединяет город с международным аэропортом. На метро от аэропорта до Главного вокзала Тайбэя можно доехать меньше чем за час.

Павлова: На такси, конечно же, быстрее и удобнее, хотя и дороже. А сколько стоит проезд в такси из аэропорта в город или из города в аэропорт?

Ан Ли: Около тысячи (новых) тайваньских долларов. Для сравнения: билет на автобус стоит около 150 (ста пятидесяти) долларов, а проезд на метро – 160 (сто шестьдесят) долларов.

Ю-мин: Идёмте на стоянку такси. Вам помочь с багажом? Давайте (я) помогу!

Павлова: Нет, спасибо, я сама. Чемоданы легко и удобно катить на ***тележке*** （推車）.

Ю-мин: А вот уже и наша машина. Сейчас таксист положит ваши вещи ***в багажник*** （後車廂）. /открывает дверь машины/ Пожалуйста, садитесь!

Диалог 2. В такси 在計程車上

Ю-мин: Вы, наверное, очень ***устали после такого долгого и утомительного перелёта***（經過這麼漫長而乏味的航程後感到疲憊）?

Орлов: Да не очень. Летели, конечно, долго, но полёт не был таким уж тяжёлым.

Павлова: А я ***плохо переношу самолёты***（無法忍受坐飛機）. К тому же в самолёте, по-моему, очень неудобные кресла: в них совсем невозможно нормально спать! Я так и не смогла заснуть и просто мечтаю нормально, ***по-человечески***（像人樣地）выспаться!

Ан Ли: Ну, ничего, сейчас вы приедете в гостиницу, ***устроитесь, отдохнёте с дороги***（安頓一下，從旅途勞頓上休息一下）.

Орлов: Вы сказали, нам не очень долго ехать? Минут 40?

Ан Ли: Да, в это время ещё нет пробок, так что мы должны доехать быстро.

Орлов: А что, в Тайбэе большие пробки?

Ю-мин: Да, наверное, как в любом большом городе: в Москве, Петербурге или, ***скажем***（讓我們說；好比）, в Токио или Лондоне. Когда люди едут на работу или вечером с работы, то движение очень интенсивное. ***Приходится иногда постоять в пробках подольше***（有時在車陣中必須待得久一點）... Тогда ***дорога из аэропорта или в аэропорт занимает раза в полтора больше времени, чем обычно***（從機場來或去機場的路途時間比往常長一倍半）.

Павлова: А Тайбэй вообще большой город? Больше Москвы?

Ан Ли: Конечно, Москва больше и ***по площади***（面積上）, и ***по численности населения***（*разг.* ***по населению***；人口數量上）. Но Тайбэй тоже очень большой город.

Павлова: А сколько человек живёт в Тайбэе? Миллиона 3 – 4?

Ю-мин: Да, около 3 (трёх) миллионов в само́м Тайбэе и более 6,5 (шести с половиной) миллионов в Тайбэе, Новом Тайбэе и пригородах. Как и любая столица – это самый большой и ***густонаселённый***（人口稠密的）город Тайваня.

Орлов: А какие ещё крупные города есть на Тайване?

Ан Ли: На юге – это город Тайнань – ***древняя столица***（古都）Тайваня и Гаосюн – большой ***портовый город***（港口城市）. А ещё Тайчжун в Центральном Тайване.

Павлова: Ой, как интересно! Просто ***не терпится познакомиться с Тайванем поближе и увидеть всё своими глазами***（我迫不及待想要更近一些了解臺灣，親眼看到一切）!

Орлов: У нас ещё будет время посмотреть достопримечательности и познакомиться с историей и культурой Тайваня. О, вот мы уже и в городе.

Ю-мин: Да, почти приехали. Через пару минут мы уже будем в гостинице.

Диалог 3. Заселение в гостиницу 旅館入住

Ан Ли: А вот и ваша гостиница. Сейчас вам сначала нужно ***зарегистрироваться***（登記）, потом у вас будет время ***устроиться***（安頓）в своих номерах, немного ***передохнуть с дороги***（從旅途勞頓上休息一下）, а затем нам надо будет отправиться на встречу с представителями компании.*

Орлов: Хорошо, понятно. Сколько у нас есть времени?

Ан Ли: [Одного] Часа вам хватит?

Павлова: Думаю, да. Как раз немного ***придём в себя***（恢復一下自己）, успеем ***привести себя в порядок***（將自己整理好）и переодеться.

Ю-мин: Если вам нужна будет помощь, например, перевести с русского на китайский или с китайского на русский, то мы вам поможем. Кстати, персонал гостиницы хорошо говорит по-английски.

Орлов: Спасибо. Думаю, мы сможем ***разобраться*** сами （***разобраться*** = понять, справиться, решить какие-либо проблемы；搞定）, а вот некоторые детали, наверное, надо будет ещё ***уточнить***（弄清楚）.

Павлова: Значит, мы сейчас зарегистрируемся, а потом у нас ***час времени***（我們有一個小時的時間）, да?

Ю-мин: Да. Всё верно. Встречаемся через час *зде́сь*. Мы будем ждать вас в холле.

Орлов: Отлично, договорились. Мы всё поняли. Спасибо за помощь.

Ан Ли: ***Располагайтесь*** （請自便）! Только не забудьте, пожалуйста, что мы встречаемся здесь ровно через час.

Орлов: Всё понятно. Ну, тогда до встречи!

* [*в ситуации с приехавшими в университет студентами или преподавателями*（如果是與到訪的老師或學生在一起的狀況）: ... нам надо идти в университет – сообщить о вашем прибытии（告知您的抵達）и отметиться（登記）(= *зарегистрироваться*) в главном здании（主棟）/ в ректорате（行政部門）, а потом мы пойдём на наш факультет и заодно（順便）познакомим вас с нашим университетом].

Задание 5.

Как вы будете действовать: что скажете и что будете делать в следующих ситуациях:

您將如何行事：在以下情況下您會說什麼？做什麼？

1. Вам надо встретить в аэропорту (на вокзале) человека, которого вы никогда раньше не видели. Вы заметили пассажира, кого, как вам кажется, вы и ждёте, но вы в этом не уверены. Как вы обратитесь к этому человеку, чтобы узнать: он это или нет?

2. Вы видите, что у ваших гостей тяжёлый багаж. Как вы предложите им свою помощь?

3. Вы не сразу нашли тех, кого должны были встретить (или, например, немного задержались по пути в аэропорт / на вокзал), и ваши гости были вынуждены немного вас подождать. Что вы скажете в данной ситуации (формы извинения, объяснение причины задержки)?

4. Вы встретили своих гостей и едете из аэропорта в город. О чём вы будете говорить по дороге, какие темы для беседы можете предложить, какие вопросы зададите только что прибывшим гостям?

5. Вы видите, что прибывшие гости чем-то расстроены, встревожены, недовольны… Что можно сказать в этой ситуации, чтобы снять напряжение и негативные эмоции? Как вежливо поинтересоваться причинами расстройства, тревоги или недовольства и деликатно предложить свою помощь, узнать, можете ли вы чем-то помочь в данной ситуации?

Задание 6.

Какими фразами вы будете реагировать на следующие реплики встречаемых вами гостей:

您會怎樣回答接機客人的問題？

1. Здравствуйте. Извините, вы случайно не меня / нас встречаете?

2. У меня проблема с багажом: я почему-то не получил(а) свой чемодан / рюкзак // свою сумку.

3. Скажите, где лучше обменять деньги: в аэропорту или где-нибудь в городе?

4. Какая погода в Тайбэе? Говорят, у вас очень жарко.

5. Как нам быстрее и удобнее добраться до города?

6. Скажите, в аэропорту можно купить сим-карту с мобильным интернетом?

7. Ой, у меня что-то разболелась голова после долгого перелёта. У вас случайно нет чего-нибудь ***от головы*** （= ***от головной боли***：去除頭痛） или может быть здесь где-нибудь поблизости есть аптечный киоск?

⑧ Что-то меня немного укачивает. Нет ли у вас какой-нибудь таблетки от ***укачивания***（暈眩）?

---

⑨ Я не понимаю, что здесь написано. Можете мне перевести?

---

⑩ Скажите, как я могу с вами ***связаться***（聯繫）? Как вам позвонить? Где и как я могу вас найти?

Задание 7.

Переведите с китайского на русский фразы, полезные для практического общения в ситуации «Встреча в аэропорту»:

將中文翻譯成俄語，對於在「機場接機」情境的實際對話將很有幫助。（尤其對導遊很有助益）

1. 您好！歡迎來臺灣！
2. 親愛的朋友們，竭誠歡迎您們蒞臨臺北！
3. 請注意看一下，是否忘記隨身物品！
4. 檢查一下您的文件與錢是否在身上。
5. 路程飛行得如何？一路上會不會太累？
6. 您可以在飛機場的任何一個貨幣兌換處換錢，匯率幾乎和市區的一樣或高一點。
7. 在計程車上可以使用現金或信用卡。
8. 在每一個捷運車站可以拿到捷運路線圖，在上面有必要的資訊。
9. 在大型的商店、公園、公共場所以及所有的地鐵車站都有免費的廁所。
10. 在任何時間有必要時，請用手機打電話連繫我。

Задание 8.

Подумайте и расскажите, что вы будете делать, как поступите в следующих ситуациях:

想一想並敘述在以下情況下您要怎麼做？

1. Самолёт, который вы встречаете, опаздывает (больше чем на час).
2. Вы по каким-то причинам не встретили тех, кого должны были встретить (вы их пропустили на выходе, они вас не заметили, вы ждёте друг друга в разных местах и т.п.). Как вы поступите в этой ситуации?
3. У прибывших к вам гостей на таможенном контроле обнаружили запрещённые к ввозу вещи. Они просят вас помочь разобраться в ситуации. Как вы будете действовать?
4. Ваши гости не могут найти (или по каким-то причинам получить) свой багаж. Как и чем вы можете им помочь? К кому вы обратитесь за помощью для решения данной проблемы?
5. Вы опаздываете в аэропорт ко времени прилёта самолёта (например, застряли в пробке).

Некоторые выражения как варианты для действия в описанных ситуациях:

一些作為回答上述情境問題時可採用的詞組。

съездить домой, позвонить на факультет (в университет / в свою турфирму), обратиться к дежурному работнику аэропорта, обратиться к полицейскому, обратиться в справочную службу аэропорта с просьбой дать объявление по громкой связи, остаться ночевать в аэропорту, предложить взятку сотруднику аэропорта, снять номер в гостинице аэропорта, постараться успокоить прибывших гостей, вызвать полицию, вызвать врача, вызвать такси, посоветовать обратиться в бюро находок, вернуться домой…

Какие их предложенных вариантов вы выберете, а какие нет? Почему? Предложите свои варианты действий в каждой из этих ситуаций.

Задание 9.

Прочитайте основные таможенные правила, действующие на Тайване. Расскажите русским туристам, что можно, а что нельзя провозить с собой в багаже на Тайвань. Дайте совет, что брать, а что ни в коем случае не брать с собой в путешествие на Тайвань.

閱讀臺灣現行的基本海關規定。告訴俄羅斯遊客允許隨身攜帶行李到臺灣和不允許攜帶的東西。提供有關在臺灣旅行中可帶什麼和絕對不可帶什麼的建議。

Вниманию туристов, прибывающих на Тайвань!

В список запрещённых к ввозу на территорию Тайваня предметов и продуктов включены свежие фрукты и овощи, растения и продукты ***животного происхождения***（動物性來源）, для которых ***предварительно***（提前）не было получено ***специальное разрешение***（特殊許可）(включая животных, мясные продукты и консервы, живые растения).

Домашние животные ***разрешены к ввозу при наличии идентификационного чипа*** и ***ветеринарного сертификата***（如果有識別晶片和獸醫證明，允許攜帶寵物入境）. Животное по прибытию на Тайвань помещается в ***карантин***（隔離檢疫）на 21 день.

Согласно（根據）таможенным правилам Тайваня, эквивалент суммы в 10 000 долларов США и выше, в том числе в ***дорожных чеках***（旅行支票）и прочих ***платёжных документах***（付款文件）, ***подлежит обязательному декларированию***（務必報關）.

Обнаружение на таможне любых изделий и ***предметов, запрещённых ко ввозу***（攜入違禁品）или превышающих установленные лимиты и не указанных в ***декларации***（申報）, может привести к штрафу ***в размере***（在金額上）до 3 млн

NT$ [новых тайваньских долларов] или ***тюремному заключению на срок до 7 лет***（長達 7 年監禁）.

Подумайте и ответьте: 想一想並回答問題。

1. Как вы думаете, о чём надо предупредить туриста, прибывшего на Тайвань впервые: что можно и чего нельзя делать на Тайване (какие основные правила поведения в общественных местах)? Какие меры безопасности необходимо соблюдать? Где, когда и в каких ситуациях надо проявлять повышенное внимание и осторожность?

2. Что вы в первую очередь посоветуете сделать русским гостям в Тайбэе: какие достопримечательности посмотреть, куда сходить поесть и что попробовать, куда можно пойти (= отправиться) за покупками?

3. Что вы посоветуете посетить в окрестностях Тайбэя и на Тайване: куда съездить, что интересного посмотреть, какие национальные блюда попробовать, какие сувениры купить (= приобрести) ?

4. Куда можно обратиться в экстренных случаях (при возникновении проблем со здоровьем, угрозе безопасности, в случае утери документов, денег и т.п.)?

5. Что вы можете посоветовать тем, кто интересуется активными видами отдыха (спорт (в т.ч. экстремальный), туризм, путешествия)? А что посоветуете любителям культурного отдыха?

解答請參閱 P.139

ДЛЯ ЗАМЕТОК

УРОК 2

ЗНАКОМЬТЕСЬ: ЧУДО-ОСТРОВ ТАЙВАНЬ!

認識臺灣奇蹟之島

Задание 1.

Прочитайте и перескажите близко к тексту, обращая внимание на выделенные слова и выражения:

閱讀並大致複述文本內容，注意突出黑體詞組的短語。

Представляем: остров Тайвань 認識臺灣島嶼

Здравствуйте! Разрешите представиться. Меня зовут Лю Личан. Я изучаю русский язык в университете уже три года. За это время я понял, что русские имеют очень слабое представление о моей стране – Тайване… Давайте познакомимся с этим удивительным ***и причудливым по форме***（形狀奇特）островом.

Что можно сказать, глядя на карту? Остров Тайвань расположен в западной части ***Тихого океана***（太平洋）, между Японией и Филиппинами, примерно в 160 км (ста шестидесяти километрах) от юго-восточного побережья Китая. На востоке остров ***омывается***（瀕臨）Тихим океаном, на юге – ***Южно-Китайским морем***（南海）, на севере – ***Восточно-Китайским морем***（東海）. От восточного побережья материкового Китая остров отделён ***Тайваньским проливом***（臺灣海峽）, шириной от 130 до 220 км, и находится примерно на равном расстоянии от Шанхая и Гонконга. Протяжённость острова с севера на юг составляет 394 километра (км), а его ширина достигает 144 (ста сорока четырёх) км. Береговая линия тянется на 1566 км (включая острова архипелага Пэнху). Остров занимает площадь около 36 тысяч квадратных километров (км²) и по площади примерно сопоставим с Голландией. Помимо острова Тайвань, в его состав также входят небольшие группы островов: *Пэнху*, *Цзиньмэнь* и *Мацзу*, а также ряд более мелких островов. ***Численность населения острова***（島嶼的人口）– свыше 23 (двадцати трёх) миллионов человек.

Тайбэй – столица Тайваня, это самый крупный город острова с населением около 3 (трёх) миллионов человек. В пятёрку крупнейших городов, помимо Тайбэя, также входят портовый город ***Гаосюн***（高雄）на юге, ***Тайчжун***（臺中）в Центральном Тайване, древняя столица ***Тайнань***（臺南）на юге, тайваньский ***наукоград***（科技城）, или как его ещё называют «***Тайваньская Силиконовая долина***»（臺灣矽谷）, – город ***Синьчжу***（新竹市）на севере и ***Цзилун***（基隆市）– ещё один город-порт на севере. Тайбэй, Гаосюн и Тайчжун – три тайваньских ***города-миллионера***（百萬人口城市）.

Наш остров не очень велик, однако здесь можно увидеть самые разнообразные картины природы: и покрытые древними лесами горы, и широкие реки ***Чжошуйси***（濁水溪）и ***Даньшуй***（淡水河）, и удивительные озёра в ***кратерах***（火山口）***потухших вулканов***（死火山）, и прекрасные долины, занятые фруктовыми садами.

Неудивительно, что португальцы, впервые увидев наш остров в 16 веке, были настолько поражены его красотой, что так и назвали – «*Ílья Формоза*» – «прекрасный остров». ***Топонимом***（地名）*Формоза* Тайвань часто называют и сегодня.

Название *Тайвань* остров получил в 17 веке, во времена правления династии *Мин*, а официально оно закрепилось, когда власть над островом захватили голландцы и испанцы. Существует несколько ***версий***（版本）происхождения слова *Тайвань*. Согласно одной из них, неподалеку от первого голландского поселения, ***форта Зеландия***（塞蘭迪亞堡）, находилось поселение ***аборигенов племени***（原住民部落）сирайя. На их языке это место называлось *Тайоан*. Позднее китайские ***колонисты***（殖民者）изменили название на свой манер – «*Да юань*», что означает «Большой круг». В ранних латинских записях этого слова, сделанных голландцами, присутствуют оба варианта транскрипции – как *Taioan*, так и *Dayuan*. Постепенно название этой наиболее ***освоенной местности***（征服的地區，開墾的地區）стало применяться к острову в целом и превратилось в современный топоним *Taiwan*.

Есть и другая версия. В Древнем и в Средневековом Китае остров имел несколько вариантов названия. Но топоним *Тайвань* в китайских источниках стал наиболее употребительным с конца 17 века. На острове имелась удобная для кораблей ***бухта***（海灣）с ***песчаной отмелью***（沙灘）. По-китайски *тай* – «платформа, плоское возвышение», а *вань* – «залив». «Платформой над заливом», вероятно, именовалась та самая бухта и ***песчаная коса***（沙灘沖積層）.

Наконец, третья версия повествует о том, что слово Тайвань – это более поздний вариант другого топонима – *Майюань* (то есть «скрывающий опасность»). Так называли остров китайские переселенцы из провинции *Фуцзянь*, столкнувшиеся здесь с неблагоприятными климатическими и погодными условиями, болезнями и другими трудностями.

Если уж мы заговорили о погоде и климате, то можно сказать, что на Тайване нет привычных для России времён года, смена сезонов происходит почти незаметно, потому что деревья ***сбрасывают листву***（樹葉枯落）в разное время. Обычно выделяют три сезона: холодный (декабрь, январь, февраль), дождливый (март, апрель, май) и жаркий (все остальные месяцы). Климат на Тайване влажный субтропический на севере и тропический на юге. Такому делению на разные климатические зоны наш относительно небольшой остров обязан Тропику Рака, или Северному тропику, который делит остров практически пополам.

Самое жаркое время года – лето, температура обычно составляет 30 – 35 градусов. Средняя температура, например, июля – +28°C (= градусов Цельсия). В период с июля по сентябрь тропические циклоны приносят тайфуны с сильными ветрами и проливными тропическими дождями. В среднем за год на Тайване бывает 8 тайфунов.

Самое дождливое и холодное время на севере острова – зима. Средняя температура января – +14°C. Максимальное количество осадков в этот период выпадает на северо-востоке (Тайбэй, Цзилун). В центральных и западных районах гораздо суше, на юге летом иногда случаются засухи, а зима там мягкая и солнечная. Среднегодовая норма осадков – 2 540 мм (миллиметров), снег выпадает редко и только высоко в горах. Когда это происходит, множество туристов отправляется туда, чтобы полюбоваться необычным для тайваньцев видом. Одно из таких популярных мест посещения – ***гора Юйшань*** （玉山） – самая высокая вершина Тайваня. Её высота – 3 952 м. В Тайбэе люди любят подниматься на вершину ***горы Янминшань*** (или Янминь, так как «*шань*» – это и есть «*гора*» по-китайски)（陽明山）. Белый снег, покрывающий горы, – редкое, поэтому по-особому фантастическое зрелище!

Горы, в основном покрытые лесом, занимают большую часть острова – практически 2/3 (две трети) территории. Протяжённость ***Центрального горного хребта*** （中央山脈） с севера на юг составляет 270 км, а максимальная ширина – 80 км. Всего же на Тайване 62 вершины, высота которых превышает уровень 3 000 метров. На севере много потухших вулканов. Например, в районе Тайбэя, на территории Национального парка Яминшань, находится около 20 вулканов, часть из которых – действующие. На западе ***простираются*** （擴展） равнины. Влажный тропический климат позволяет крестьянам выращивать здесь рис и ананасы, хотя ***пахотные земли***（耕地） составляют лишь четверть всей площади острова. Помимо риса и ананасов, климатические условия Тайваня создают благоприятные условия для выращивания других культур, в частности, сахарного тростника, бананов, различных тропических фруктов. Отметим, что такие благоприятные климатические условия дают возможность получать два – три урожая риса в год. В прибрежных водах тайваньские рыбаки ловят тунца и креветок.

На Тайване достаточно разветвлённая речная сеть – около 151 больших и малых рек. Самая длинная река – ***Чжошуйси***（濁水溪） (186 км). Озёр на Тайване немного. Самым известным и популярным среди туристов является ***Озеро Солнца и Луны***（日月潭）, а также ***Озеро Кристальной чистоты***（澄清湖）и ***Лотосовое Озеро***（蓮池潭）.

Благодаря горному рельефу и активной вулканической деятельности глубоко в ***недрах земной коры***（ 地 殼 深 處 ） на Тайване находится множество горячих источников: солёный горячий источник острова ***Люйдао*** (***Зелёный остров***)（綠島）(это один из трёх таких источников в мире), горячие источники ***Янминшань*** (севернее Тайбэя), ***Цзиншань***（金山）(северо-восточнее Тайбэя), ***Гуаньцзылин*** (к юго-востоку от города ***Цзяи***)（關子嶺）и многие другие.

На Тайване ***произрастает***（生長）около 3 800 видов растений. До высоты 1 980 м растут тропические и субтропические леса, лиственные и хвойные – от 1 980 до 3 050 м, выше 3 050 м растут только хвойные. Наиболее распространённые растения – *бамбук* и *акация*（金合歡）, а также *пихта*（冷杉）, *кипарис*（柏）, *ель*（雲杉）, *камфорное*（樟木的）дерево, различные виды пальм.

Животный мир Тайваня ***насчитывает***（計有）около 60 видов ***млекопитающих***（哺乳類動物）, среди которых, в частности, *белка*（松鼠）, *тайваньский пятнистый олень*（臺灣梅花鹿）, *дикий кабан*（野豬）и *чёрный формозский медведь*（臺灣黑熊）, который сейчас является символом Тайваня. На острове обитает большое количество птиц, ***рептилий***（爬行類動物）и ***насекомых***（昆蟲）. В реках и водоёмах водятся различные сорта рыбы, например, *тайваньский пресноводный лосось*（臺灣淡水鱒魚）, *телапия*（吳郭魚）, *скумбрия*（鯖魚）, *угорь*（鰻魚）, *анчоус*（鳳尾魚）и другие.

Из полезных ископаемых главным является каменный уголь. Природные ресурсы острова также включают в себя небольшие месторождения *золота*（金）, *меди*（銅）, *природного газа*（天然氣）, *известняка*（石灰）, *мрамора*（大理石）и *асбеста*（石綿）.

Тайвань является признанным лидером в области электроники и информационных технологий. Значительный доход государству приносит промышленность, в первую очередь, электронная, а также нефтехимическая, энергетическая, текстильная и пищевая.

Однако жизнь на Тайване осложняется двумя обстоятельствами: во-первых, остров находится в ***сейсмоопасной зоне***（地震危險帶）. Прежде землетрясения уносили множество жизней, и хотя современные методы строительства, а также новые технологии и строительные материалы позволяют создавать здания очень высокой прочности, сделать жизнь абсолютно безопасной они не могут. Это ещё раз подтвердило страшное землетрясение 1999 года, когда были разрушены тысячи старых зданий и погибло более двух тысяч человек. Больше всех пострадал город Тайчжун в Центральном Тайване. Во-вторых, Тайвань находится на пути движения тропических тайфунов. Ежегодно на остров ***обрушивается***（遭受攻擊）несколько мощных тайфунов, которые формируются над Тихим океаном. Они наносят стране огромный урон. Сравнительно недавно, летом 2017 года, на острове ***свирепствовал***（肆虐）мощный тайфун «Несат». Почти 9 тысяч жителей острова были эвакуированы. Сильнее всего пострадал юг Тайваня. Более 100 тысяч домов остались без электричества, были закрыты школы и государственные учреждения, остановлено движение метро, нарушена работа железнодорожного транспорта.

Из-за тайфунов сильные ливни могут ***вызывать наводнения***（引起水災）и ***оползни***（土石流）. По данным ***спасательных служб***（救援單位）, ***в результате разгула стихии***（由於天災）бывают ***жертвы***（犧牲者）: ***погибшие***（死去的）, ***пострадавшие***（受災的）, а иногда и ***пропавшие без вести***（失蹤的）. ***Суммарный ущерб***（總傷害）, нанесённый тайфунами промышленности и сельскому хозяйству нашей страны, ***оценивается***（估計）миллионами долларов США. Это очень ***внушительная сумма***（極大的數字）!

За время вашего пребывания на Тайване у вас будет возможность ближе и подробнее познакомиться с его историей и культурой, осмотреть достопримечательности, насладиться красотами природы. Я надеюсь, у вас останутся незабываемые впечатления от посещения Тайваня и вам захочется ещё не раз посетить этот поистине прекрасный и удивительный «чудо-остров»!

Задание 2.

Дополните свой рассказ о Тайване, подумав и ответив на вопросы:

通過思考和回答問題來完成有關臺灣的敘事。

1. Чем Тайвань известен в мире?
2. Что, кроме электроники и компьютерной техники, производят на Тайване?
3. Что экспортирует и что импортирует Тайвань (в том числе в Россию и из России)?
4. Символы-стереотипы России – берёза и медведь. А какие традиционные национальные символы Тайваня?
5. Какие напитки, кроме чая, (в том числе крепкие) пьют на Тайване?
6. Каких известных тайваньских писателей и поэтов, актёров и режиссёров, музыкантов, спортсменов и политиков вы можете назвать?

Задание 3.

Ответьте на вопросы:

回答問題

1. Какие цвета национального флага Тайваня? Что они символизируют?

2. Как выглядит герб Тайваня?

3. Как называется национальная валюта Тайваня? Почему она так названа, почему *новый* тайваньский доллар?

4. Какой курс НТД к основным мировым валютам: американскому доллару и евро? А к российскому рублю?

5. Кто изображён на тайваньских купюрах и монетах? （***купюра*** –紙幣；***монета*** –硬幣）

6. Какова средняя зарплата на Тайване?

7. Какой на Тайване пенсионный возраст и минимальный уровень пенсий?

8. Каков размер подоходного налога（***подоходный налог*** – 所得稅） на Тайване?

Задание 4.

Прочитайте некоторые факты о географии и природе Тайваня. Составьте небольшой рассказ о Тайване с использованием этих фактов.

閱讀有關臺灣地理和自然的一些實際情況。利用這些實際情況來簡介臺灣。

1. Тайвань находится в 1 070 км от Японии (на севере) и в 350 км от Филиппин (на юге).

2. Протяжённость острова с севера на юг составляет 394 км, с запада на восток – 144 км. Протяжённость береговой линии – 1 566 км.

3. Общая площадь Тайваня – 36 тыс. кв. км, что сопоставимо с территорией Голландии.

4. 2/3 (две трети) острова занимают горы, самая высокая из которых – Юйшань – достигает высоты 3 952 м (по другим данным – 3 997 м). Это высочайшая вершина Восточной Азии. Горы в основном покрыты тропическими лесами.

5. Всего на Тайване насчитывается 62 вершины, высота которых превышает 3 000 м.

6. Тайвань пересекает Северный тропик (= тропик Рака), который делит остров примерно пополам. Климат Тайваня субтропический муссонный на севере и тропический на юге.

7. Климатические условия Тайваня весьма благоприятны для выращивания таких сельскохозяйственных культур, как рис, бананы, ананасы, сахарный тростник, а также различных тропических фруктов и т.д. Например, в год можно получать три урожая риса.

8. Самый древний город Тайваня – Тайнань. Он был столицей острова с 1684 по 1887 годы.

⑨ По территории Тайваня протекает 151 река. Самые большие реки – Чжошуйси (186 км), Даньшуй (159 км) и Гаопин (171 км).

⑩ Тайваню также принадлежит несколько крупных островов: Пэнху (Пескадорские острова), острова Ланьюй (Остров Орхидей), Люйдао (Зелёный остров), Цзиньмень и Мацзу.

Тексты для дополнительного чтения и самоподготовки

補充閱讀與自學文章

Текст № 1. Население, религии и языки Тайваня
臺灣的居民、宗教和語言

Численность населения Тайваня составляет около 23,5 млн. (двадцати трёх с половиной миллионов) человек; крупнейшую этническую группу составляют китайцы, кроме того, здесь существует много различных групп аборигенов и ***иммигрантов***（移民）. Браки между представителями различных этнических групп – весьма распространённое явление. Например, в семье один из родителей может быть китаец, а другой – абориген или представитель ***народности хакка***（客家人）, переселенцев с Юго-Востока Китая.

Аборигены – коренное австронезийское население острова – широко известны под названием ***гаошань***（高山族）. На сегодняшний день официально признанными считаются 16 ***племён***（部族）: *ами, атаял, бунун, кавалан, пайвань, пуюма, рукай, сайсият, ями, тхао, цзоу, труку, сакизая, седик.*

Средняя продолжительность жизни на Тайване в настоящее время составляет примерно 76 лет для мужчин и 83 года для женщин. Общеизвестно, что Тайвань является «стареющим» обществом, здесь в настоящее время проживает около 2 миллионов человек в возрасте старше 65 (шестидесяти пяти) лет. По предварительным прогнозам ожидалось, что к 2020 году престарелые граждане будут составлять 14% (процентов) от всего населения страны. А если эта тенденция сохранится, то к 2025 году каждый пятый житель Тайваня будет старше 65 лет.

Как полагают специалисты, Тайвань ***пока ещё не столкнулся со всем бременем социальных проблем***（尚未遇到社會問題的所有負擔）, свойственных государству со стареющим населением. Но правительству следует срочно ***выработать стратегию***（制訂策略）и социальные программы для своевременного решения ***насущных***（急迫必要的）проблем.

Для тайваньского образа жизни характерно смешение китайских и японских традиций, модернизированных под влиянием Запада. В обществе существуют очень небольшая группа богатых людей и многочисленный, постоянно растущий средний класс.

Наиболее распространённой и официально признанной религией является буддизм (его исповедуют около 5 млн. человек). Также распространены даосизм (около 3,5 млн. (трёх с половиной миллионов)), новые религиозные течения (свыше 1 млн.), протестантизм (свыше 374 тыс.), католичество (296 тыс.), ислам (52 тыс. человек). Конфуцианство сохраняет сильные позиции, скорее, в качестве морально-этического учения, а не религии, хотя существуют и храмы Конфуция.

Официальный язык – китайский, из многочисленных диалектов которого в качестве национального языка избран северный (пекинский) диалект. Но в повседневной жизни местные жители использует ***фуцзянский***（福建）диалект. Распространены на Тайване также тайваньский язык и язык хакка (например, объявления в метро можно услышать сразу на четырёх языках: китайском, тайваньском, хакка и английском). Большинство тайваньцев свободно говорит по-английски (в школах он преподаётся как первый иностранный язык), а представители старшего поколения часто владеют японским языком.

Текст № 2. История Тайваня 臺灣歷史

За свою историю остров сменил несколько названий. В древних китайских ***памятниках письменности*** （文獻記載） в разные исторические периоды можно встретить различные наименования: *Даои*（島夷）(«остров варваров») в «*Шаншу*»（尚書） – литературном памятнике Периода Сражающихся царств (475 – 221 гг. до н.э. (годы до нашей эры)). В ханьскую эпоху (206 г. до н.э. – 220 г. до н.э.) остров фигурирует под названием *Дунти* («восточный предел»). В годы троецарствия, в хрониках «*Хоу Хань шу*»（後漢書） (период Восточной Хань, 25 – 220 гг.) и «*Сань го чжи*»（三國誌） (период *Сань го*（三國）, 220 – 265 гг.) упоминается остров *Ичжоу*（夷州）(«варварский архипелаг»). С периода династии *Суй*（隋） (581 – 618 гг.) Тайвань чаще всего именовался *Люцю*（流求） (по названию небольшого царства в юго-западной части острова). Под современным названием остров встречается в письменных источниках уже с 1599 года.

Официальное название Тайваня – ***Китайская Республика***（中華民國）– было предложено создателем Республики доктором ***Сунь Ятсеном***（孫逸仙）. Китайская Республика является первой в Азии демократической конституционной республикой. Днём её основания считается 1 января 1912 года, с этой даты в стране ведётся ***официальное летоисчисление***（官方的歷史記載）: 1912 год считается первым годом Китайской Республики, 2020 год – 109-м годом и т.д. Это продолжение существовавшей в Китае многовековой традиции, когда со вступлением на престол нового правителя отсчёт лет всякий раз начинался заново.

Когда в 1949 году китайские коммунисты создали в материковой части Китая ***Китайскую Народную Республику***（中華人民共和國）, правительство Китайской Республики ***перебазировалось***（搬遷）на остров Тайвань, сохранив ***под своей юрисдикцией***（在其管轄範圍內）и ряд более мелких островов. С тех пор каждая из двух стран по обеим сторонам Тайваньского пролива является самостоятельным государством, однако вопрос независимости Тайваня – самая острая проблема во взаимоотношениях с континентальным (материковым) Китаем и один из болезненных вопросов внешней политики.

Конечно, далеко не всегда в истории страны всё было так мирно, как сейчас. ***Археологические раскопки***（考古發掘）говорят, что остров был заселён примерно 5 тысяч лет назад полинезийцами-меланезийцами и выходцами из Юго-Восточной Азии. Частью Китайской империи Тайвань стал только в начале 14 века. В 16 веке его открыли для европейцев португальские моряки, а в 1624 году юг Тайваня ***колонизировали***（殖民）голландцы, которые и правили здесь в течение 38 лет, до того дня, когда ***были изгнаны***（被驅趕）войсками китайской династии *Мин*（明朝）. Примерно в это же самое время северную часть острова начали осваивать испанцы, которые в 1626 г. заложили города *Цзилун* и *Даньшуй*. Потом остров, как и весь Китай, оказался под властью ***маньчжуров***（滿洲人）, а в 1895 году, в результате подписания ***Симоносекского мирного договора***（馬關條約）по итогам китайско-японской войны 1894 – 1895 гг., Тайвань перешёл к Японии и лишь в 1945 году, после Второй мировой войны, вновь был передан Китаю. 25 октября глава китайской администрации Тайваня и командующий гарнизоном острова *Чань И* принял в Тайбэе капитуляцию 10-й армии Японии. В 1949 году после установления на материке коммунистического режима на Тайвань перебралось руководство Китайской Республики: 8 декабря было принято решение о переезде центрального правительства Китайской Республики на Тайвань. С этого времени началась новейшая история острова, которая продолжается и ***по сей день*** （至今）.

Большой проблемой для современного Тайваня является его международное положение. Со дня возникновения ***Организации Объединённых Наций*** （聯合國）в 1945 году Тайвань говорил от имени всего китайского народа, однако лидеры Китайской Народной Республики (КНР) также стремились представлять китайский народ его ***на международной арене*** （在國際舞台上）. Это противостояние закончилось тем, что международное сообщество, за небольшим исключением, признало коммунистический Китай, и в 1971 году Китайская Республика потеряла место в ООН. В настоящее время лишь небольшое количество стран признают Тайвань как независимое государство.

Несмотря на такую ***жёсткую внешнеполитическую обстановку*** （艱困的外交政策環境）, последние полвека на Тайване шёл интенсивный процесс превращения небольшой бедной и ***отсталой*** （落後的）островной провинции в современную, динамичную, промышленно развитую страну. В результате политических преобразований последних десятилетий Тайвань превратился в свободное, демократическое и быстро развивающееся общество. Сегодня Тайвань известен во всём мире своей компьютерной индустрией и электроникой, и его экономические и научные достижения нередко называют «экономическим чудом». Экономика Тайваня вошла в число наиболее интенсивно развивающихся и демонстрирующих высокие темпы экономического развития стран – в группу так называемых «четырёх тигров», куда, помимо Тайваня, входят Южная Корея, Сингапур и Гонконг.

Задание 5.

Подумайте, найдите информацию и ответьте на вопросы:

請思考並查詢相關資料以回答問題

1. В каких регионах Тайваня проживает больше всего населения?
2. Каков уровень рождаемости на Тайване? （***уровень рождаемости*** – 出生率）
3. Какая религия (или религии) наиболее популярна / популярны на Тайване?
4. Как относится к религии молодёжь? Ходит ли молодёжь в церковь?
5. Какие исторические события и исторические даты вы считаете наиболее важными? Почему?

Чтобы поддержать беседу, вы можете сами задать вопросы своим русским гостям, например:

為了持續對話，您自己可以向俄羅斯客人提出以下問題，例如：

1. Что вы знаете или слышали о Тайване?
2. Какие ассоциации у вас с нашей страной?
3. Часто ли можно услышать о Тайване в России?

«И в шутку, и всерьёз»: **вы, наверное, не раз сталкивались с национальными стереотипами, заблуждениями и просто с ошибками, в частности, с тем, что люди путают разные страны. Как вы объясните, что:**

《雖是開玩笑，但是認真地》：您可能已經不止一次遇到對國家定型化的概念，誤解和簡單的錯誤，尤其是人們混淆了不同國家的事實。您如何向誤解的人解釋：

1. Тайвань – это не Таиланд.
2. Тайцы живут в Таиланде, а на Тайване живут тайваньцы.
3. Китайская Республика и Китайская Народная Республика – это две разные страны.

Итоговое задание

總結練習：

Блок 1.

Потренируйтесь отвечать на вопросы, которые могут вам задать туристы:

練習回答遊客可能問您的問題。

1. Почему Тайвань так называется? Как переводится название страны (что означает слово «*Тайвань*»)?
2. Есть ли что-то общее в названиях *Тайвань, Тайбэй, Тайнань, Тайчжун, Тайдон*? Что они означают?
3. Считается, что в России две столицы: Москва и Петербург. А как на Тайване? (Тайбэй – единственная столица?)
4. Какие пляжи и места для купания в море (океане) вы можете посоветовать в Тайбэе и окрестностях? А какие курортные места вообще есть на Тайване?
5. Купаться можно круглый год? Какая температура воды в море (океане) летом? А зимой?
6. На какой высоте над уровнем моря находится Тайбэй?
7. В каких климатических поясах расплолжен Тайвань? В каком климатическом поясе находится Тайбэй?
8. Скажите, а что омывает Тайвань: море или океан? (Какие моря / океаны омывают Тайвань?)
9. Далеко ли от Тайваня до Китая? А до Японии / Кореи / Филиппин / Таиланда?
10. Где и как тайваньцы обычно любят проводить отпуск? Какие зарубежные страны пользуются популярностью у тайваньцев для путешествий?

⑪ Скажите, а Китайская Республика (Тайвань) и Китай – это одно и то же?

⑫ Тайваньцы и китайцы – это одно и то же?

⑬ Какая самая высокая гора на Тайване? Где она находится?

⑭ Какие животные водятся (= живут) на Тайване?

⑮ На каких языках говорят на Тайване? Какой язык считается государственным?

⑯ Как называется коренное население (какие племена аборигенов населяют остров)?

⑰ В каких городах Тайваня есть морские порты? Хорошо ли развито судоходство?

⑱ Можно ли отправиться из Тайваня в кругосветное путешествие на океанском лайнере? Заходят ли в тайваньские порты российские торговые и пассажирские суда (= корабли)?

⑲ Какие полезные ископаемые добываются на Тайване?

⑳ Какие крупные реки и озёра есть на Тайване? Где они находятся?

㉑ Какая [пресноводная] рыба водится в реках и озёрах Тайваня. А какую [морскую] рыбу добывают (=ловят) в море / океане?

㉒ Какова протяжённость Тайваня (длина и ширина острова)?

㉓ Из каких стран на Тайвань приезжает больше всего туристов? Много ли туристов из континентального Китая? А из России?

㉔ Как тайваньцы относятся к иностранцам? Стоит ли европейцам, в частности русским, опасаться неприязни или агрессии со стороны тайваньцев?

㉕ Какой уровень преступности на Тайване? Какие виды преступлений самые распространённые?

㉖ Безопасно ли гулять ночью по улицам? Воруют ли в транспорте и в многолюдных местах (есть ли карманники)?

㉗ Могут ли вас обсчитать (обмануть) в магазине или на рынке, например, неправильно дать сдачу, завысить цену, продать заведомо плохой товар?

㉘ Принято ли торговаться с продавцами на рынках и в магазинах?

㉙ Какие виды спорта популярны на Тайване? В какие игры любят играть тайваньцы (например, в карты)?

㉚ Какие ещё территории принадлежат Тайваню (относятся к территории Тайваня), помимо основного острова?

㉛ Когда образовалось государство Тайвань? Кто был первым политическим лидером Тайваня? Кто сейчас является главой страны?

㉜ Сколько на Тайване политических партий? Каковы их политические программы? Какой политической партии больше всего симпатизируют тайваньцы (например, молодёжь)? Почему?

㉝ Какие розетки в Тайване: европейские, американские, британские, японские или другие? Какое напряжение в электросети? Нужен ли переходник (адаптер) и если да, то какой и где его можно купить?

㉞ Есть ли в домах центральное отопление? Как обогреваются дома и квартиры, когда холодно?

㉟ Какая средняя температура летом и зимой? Какая самая высокая температура летом и самая низкая зимой? Бывает ли на Тайване снег?

Блок 2.

Разделитесь на команды и подготовьте рассказ по следующим темам (можно придумать свою тему):
分成小組，並準備有關下列主題的敘事（也可以自訂主題）。

Группа-1. Тайвань. География: общие сведения.

❶ Географическое положение и характеристика, общие сведения: где находится Тайвань, какая площадь и численность населения, протяжённость и ширина острова, столица и крупные города.

❷ Этимология происхождения названия острова, история названий острова (Люцю, Даои, Дунти, Ичжоу, Бисайя, Формоза). Этимология названия некоторых городов (Тай: Тайбэй, Тайнань, Тайдон, Тайчжун).

❸ Климат. Погода. Стихийные бедствия (тайфуны, землетрясения).

❹ Растительный и животный мир Тайваня. Природные Национальные парки и заповедники. Главные реки и озёра.

❺ Полезные ископаемые, промышленность и сельское хозяйство Тайваня.

❻ Тайвань в современном мире: благодаря чему Тайвань известен в мире (тайваньские изделия, продукты на мировом рынке).

Группа-2. Тайвань. Китайская Республика. Социальная и политическая структура. Экономика и бизнес. Культура и искусство.

❶ Административное деление Китайской Республики.

❷ Политический строй (форма государственного правления, структура власти (президент – парламент), основные политические партии) и избирательная система.

❸ Система образования (среднее и высшее). Наука. Система здравоохранения.

❹ Вооружённые силы: армия и военно-морской флот. Служба в армии.

❺ Экономика Тайваня. Финансы и бизнес. Международная торговля (экспорт — импорт).

❻ Культура и социальная сфера (искусство: ведущие театры, театральные и музыкальные коллективы, музеи и т.д.). Выдающиеся тайваньцы (деятели науки и искусства: учёные, писатели, поэты, художники, музыканты, композиторы, певцы, режиссёры, актёры).

Группа-3. Тайвань. Население.

❶ Этнический состав, коренное и некоренное население. Переселенцы, иммиграция в Тайвань из других стран (история и сегодняшний день).

❷ Основные коренные народности Тайваня, аборигены (названия, места проживания).

❸ Государственные, этнические, региональные языки.

❹ Вероисповедание: основные религии и религиозные организации на Тайване.

❺ Традиционные религиозные обряды и праздники Тайваня.

❻ Народные промыслы и ремёсла коренных народов Тайваня.

Группа-4. Тайвань. История.

❶ Важнейшие этапы развития и факты истории острова Тайвань (португальские, испанские и голландские колонии).

❷ Основные исторические периоды становления современной Китайской Республики.

❸ Первая Китайская республика (1912 г.). Общие сведения.

❹ Японский период в истории Тайваня.

❺ Тайвань в эпоху Гоминьдана.

❻ Выдающиеся политические лидеры Тайваня (Чан Кайши, Цзян Цзинго). Исторические связи Тайваня и России (например, семья Елизаровых и сын Чанкайши – Цзян Цинго, Фаина Вахрева（Цзян Фанлян：蔣方良）).

Группа-5. Тайвань. Интересные и полезные сведения.

❶ Официальные и традиционные национальные символы Тайваня (флаг, герб; неофициальные символы Тайваня).

❷ Самые главные праздники (официальные и традиционные) и популярные традиции.

❸ Традиционная тайваньская еда и напитки (что обычно едят и пьют тайваньцы; что можно порекомендовать обязательно попробовать иностранным туристам).

❹ Отдых и туризм на Тайване (курорты, зоны отдыха, пляжи, горячие источники; развлекательные парки, заповедники и национальные природные парки).

❺ Главные достопримечательности Тайваня: какие места надо посетить на Тайване и почему вы их рекомендуете (города, достопримечательности, памятники природы).

❻ Необычные места Тайваня. Малоизвестные и малопосещаемые, но очень интересные, живописные места Тайваня (заброшенные или удалённые от больших городов（например, деревня Ванли： 萬 里）; места, информацию о которых часто можно найти только на форумах путешественников в Интернете).

УРОК 3

ТРАНСПОРТ В ТАЙБЭЕ
臺北的交通

Что надо знать туристу о транспорте в Тайбэе:
遊客需要知道臺北交通的有關資訊。

Из всех традиционных видов ***городского пассажирского (общественного) транспорта***（城市客運（公共）運輸）в Тайбэе есть только автобусы и метро. Здесь нет привычных для России троллейбусов, а излюбленный россиянами трамвай появился совсем недавно – на юге Тайваня в городе Гаосюне и вызвал огромный интерес тайваньских СМИ (= средств массовой информации) и тайваньцев. В 2018 г. новая линия скоростного трамвая, или ***система лёгкого рельсового транспорта***（淡海輕軌）, интегрированная с красной линией метро, появилась в районе Даньшуй, на северо-западе Тайбэя, а точнее, в Новом Тайбэе (Синьбэй).

Маршрутная сеть（路線網路） Тайбэя хорошо развита, и добраться в любой, даже самый отдалённый, район города не составляет проблем.

Начнём с метро

從捷運開始說起

- Проезд оплачивается ***жетонами***（投幣）, которые можно купить в специальных ***автоматах по продаже жетонов***（自動投幣販售機）или с помощью ***смарт-карты***（悠遊卡）(на Тайване она называется *EasyCard*), её также можно купить на каждой станции в специальном киоске（это и касса, и ***справочное***；詢問處）. Карту можно ***пополнять***（儲值）или в кассе, или в

платёжном терминале（付款終端機）. Это можно сделать и в любом сетевом магазине типа *ОК*, *7-11*, *Hi-Life*, *Wellcome* и т.п. Для этого надо просто подойти к кассе, дать продавцу свою карту и назвать нужную вам сумму к зачислению (можно по-английски).

- ***Стоимость проезда***（票價）зависит от ***дальности поездки***（行駛距離）. Перед тем как купить жетон, найдите нужную вам станцию на ***схеме метрополите́на***（捷運路線圖）, которая есть на каждом автомате по продаже жетонов, потом выберите её из списка станций на дисплее, оплатите соответствующую сумму, и автомат выдаст вам жетон и сдачу (если необходимо). ***Оплата может производиться***（可以付款）***купюрами*** и ***монетами***（用紙鈔與硬幣）.
- Карту к ***турникету***（旋轉門）надо ***прикладывать***（緊靠）дважды: ***на входе и выходе***（在入口與出口處）, причём ***сумма за проезд списывается с карты***（票價從卡片中扣除）при выходе с нужной вам станции.
- Если вы едете по жетону, то, бросив жетон в турникет при входе, надо взять его снова (турникет выдаст его вам обратно), сохранить до конца поездки и снова бросить в турникет при выходе с нужной станции.
- В вагонах, кроме объявления названия станций ***по громкой связи***（以揚聲器撥放）, над каждой дверью и в салоне вагона есть «***бегущая строка***»（跑馬燈）: специальное табло, на котором пишется название текущей и следующей станции по-китайски и по-английски.
- На каждой станции метро есть бесплатный туалет.
- В метро категорически запрещено курить, распивать напитки, даже ***безалкогольные***（不含酒精的）, в том числе воду, открывать бутылки с жидкостью, есть (мороженое, фрукты и любую другую еду), жевать ***жевательную резинку***（*разг.* ***жвачка***；口香糖）. Как и в любом метрополитене мира, конечно, нельзя ***мусорить***（留下垃圾）, а тайбэйское метро – одно из самых чистых в мире.
- На всех станциях метро есть ***информационные указатели*** и ***план-схема***（資訊指南與捷運路線圖）на китайском и английском языках, которые помогут вам легко сориентироваться и найти нужное направление и нужный выход.
- Все платформы станций тайбэйского метрополитена оснащены специальными

защитными дверями （防護門）, ***предотвращающими*** （防止） падение пассажиров на ***рельсы*** （軌道）. Для посадки в вагон надо ориентироваться на ***стрелки-указатели*** （箭頭指標） на полу платформы, указывающие вход-выход пассажиров *в* и *из* вагона. Перед посадкой в вагон пассажиры ***выстраиваются в очередь по стрелке***（按箭頭標示排成一列）вдоль ***ограничительных линий***（限制線）.

- В часы пик на платформах станций находится специальный служащий: работник метрополитена, регулирующий ***посадку*** и ***высадку*** （上下車廂） пассажиров. Когда посадка заканчивается и двери вот-вот должны закрыться, этот сотрудник жестами (разведёнными в стороны руками и светящимся жезлом) предупреждает об окончании посадки.
- Все станции тайбэйского метро ***пронумерованы*** （編號）: на схеме метро у каждой станции есть свой номер, который указывается после латинской буквы – сокращённого обозначения линии по-английски: ***BR*** （棕線） – ***коричневая линия***, ***R*** （紅線） – красная, ***GR*** （綠線） – зелёная, ***O*** （橘線） – оранжевая, ***BL*** （藍線） – синяя и т.п. Например: станция ***BR01*** （棕線第一站） – первая станция коричневой линии.
- С помощью метро можно добраться из аэропорта Таоюань в город или из города в аэропорт: отдельная линия метро соединяет центр Тайбэя с терминалами 1 и 2.
- В Новом Тайбэе, в районе Даньшуй, появилась линия скоростного трамвая (или лёгкого метро), имеющая общую станцию пересадки с красной линией метро (похожая линия скоростного трамвая также есть в городе Гаосюне).
- Поезда «коричневой» линии полностью автоматизированы и управляются без машиниста.

ЭТО ВАЖНО! 重要須知

- ✔ В тайбэйском метрополитене запрещено находиться на платформе станции более 15 минут! ***В случае превышения установленного лимита времени*** （如果超過時限） придётся заплатить штраф ***в размере минимального тарифа за одну поездку***（一站車程的最低票價金額）(сумма ***автоматически списывается с транспортной карты при проходе через турникет на выходе со станции***（當從車站出口處通過旋轉門時，自動從運輸卡中扣除）.

Теперь автобус

現在來談公車

- Все маршрутные линии разделены на несколько цветов: основные цвета – красный и зелёный, есть ещё коричневый и оранжевый. Это важно, потому что номера маршрутов часто ***дублируют друг друга***（彼此重複）, поэтому если вы сядете на автобус нужного номера, но другого цвета маршрута, – вы можете ***заехать не туда***（去錯地方）, куда вам надо. Помимо определённого цвета, перед номером маршрута конкретный цвет может быть «продублирован» его английским сокращением, например: ***R*** – красный, ***Gr*** – зелёный, ***Br*** – коричневый, ***O*** – оранжевый.

- Автобусы бывают большие (как обычные ***городские автобусы***（城市公車）в России) и маленькие (похожие на «***маршрутки***»（小巴）, но, в отличие от России, здесь это лишь разновидность городских автобусов). Перед номером маршрута такого маленького (но обычного городского!) автобуса обычно стоит иероглиф 小, что означает «маленький».

- Когда вы стоите на остановке и видите, что подходит нужный вам автобус, нужно остановить его привычным для русских жестом «***голосования***»（俄國投票手勢）на дороге: на Тайване именно так принято останавливать не только такси, но и ***наземный общественный транспорт***（路上公共交通）.

- Если вы оплачиваете проезд в автобусе смарт-картой, то, как и в метро, её надо прикладывать к ***валидатору***（驗證器）у кабины водителя или у центральной двери автобуса ***при входе***（上車時）и ***при выходе***（下車時）(деньги с карты ***списываются единовременно***（一次從卡中扣除錢）).

- На протяжённых маршрутах ***оплата взымается***（徵收付款）дважды: при входе и при выходе (то есть прикладывая карточку к валидатору при выходе, с вашей карты спишется вторая часть тарифа за проезд). Также можно сразу же ***оплатить***（支付）водителю при входе полную стоимость проезда наличными и получить у него специальный жетон, который вы вернёте ему при выходе.

- Все остановки на Тайване, можно сказать, – «***по требованию***»（按需要）, то есть перед нужной вам остановкой в салоне надо нажать специальную ***кнопку***

сигнала водителю（給司機信號的按鈕）и ***подать звуковой сигнал***（發信號）о том, что вы выходите. Подобные кнопки установлены по всему салону, и вы легко их найдёте. Над ней находится небольшая красная сигнальная лампочка, и после нажатия на кнопку эта лампочка замигает и раздастся специальный звуковой сигнал.

- ***Оплата проезда производится карточкой***（票價用卡片支付）(той же, что и в метро) или ***наличными***（現金）: тогда нужно бросить нужную сумму в специальный ящичек рядом с водителем.

Внимание!

Если у вас нет магнитной карты оплаты, то лучше иметь с собой мелочь, потому что, как правило, ***водитель сдачи не даёт***（司機不找錢）!

ЭТО ВАЖНО! 重要須知

- В вагонах метро и автобусах есть специальные ***места для пассажиров с детьми, лиц пожилого возраста и людей с ограниченными возможностями***（給小孩、年長者和特殊需求者的博愛座）. В метро эти места тёмно-синего цвета (обычные места – голубого цвета), в автобусах – ярко-красного (обычные места – синего).
- На каждой станции метро есть специальные ***информационные стенды***（資訊站，詢問處）, где вы можете взять ***буклет со схемой (картой) метро***（帶有捷運路線圖的小冊子）и всей ***необходимой информацией***（必要的訊息）(буклеты есть на китайском, японском, корейском, английском и некоторых других языках). В этом буклете также можно найти фотографии основных достопримечательностей Тайбэя, информацию о том, как можно до них доехать (указана ближайшая станция метро) и ***режим работы (дни и часы работы)***（工作時刻表）.
- На каждой станции метро есть бесплатный туалет, в том числе для людей с ограниченными возможностями.
- Практически на каждой станции есть специальное место, где вы можете ***подзарядить***（充電）свой ***гаджет***（電子等設備）.

- В метро вы можете бесплатно ***подключиться к вай-фай*** (wi-fi)（連接到無線網路）. После несложной процедуры регистрации услуга доступа в интернет действует 30 минут, после чего надо войти в интернет ***заново***（重新）.
- На некоторых станциях есть ***автоматические камеры хранения***（自動儲物櫃）, где вы можете оставить свой ***крупногабаритный багаж***（大型的行李）.
- Время работы городского ***общественного транспорта: наземный транспорт***（城市公共交通：陸路運輸）работает с 5 утра до 1 часу ночи. Есть несколько специальных ***ночных маршрутов***（夜間路線）.
- Метро работает с 6 утра до полуночи (до ноля часов).
- ***Расписание движения автобусов***（公車時刻表）есть на каждой остановке, правда, основная информация на них – на китайском языке. По-английски указаны только остановки, находящиеся рядом со станциями метро, а также ***конечные остановки***（終點站）. На остановках установлены табло, показывающие, сколько времени осталось до прибытия автобуса.
- ***Интервалы движения поездов***（行車間隔）в метро зависят от ***времени суток***（一日內的時間）и линии метро и ***составляют***（構成；是）2 － 8 мин. в часы пик и до 10 － 15 мин. в вечернее время. В остальное время интервалы между поездами 4 － 10 мин.

Кстати!（順便一提）Вы можете скачать на свой гаджет (смартфон или планшет) специальное приложение, с помощью которого можно не только легко ориентироваться в системе городского транспорта, найти любой маршрут, остановку или станцию метро, но и узнать расписание, включая точное время прихода автобуса или поезда метро на конкретную, нужную вам остановку или станцию метро, в режиме онлайн проследить движение автобуса или поезда метро.

Часы пик.（尖峰時刻）Утренние часы пик ***по будням***（在平日）– с 7 до 9 утра, вечерние часы пик – с 17 до 19 – 30 ч.

Интересно и полезно!（有趣而有用！）

С помощью всё той же транспортной карты *EasyCard* вы можете не только путешествовать по городу и на пригородных маршрутах (в автобусах и поездах), но и ***расплачиваться*** （付清） с их помощью во многих магазинах (например, в ***сетевых магазинах*** （連鎖店）, типа *OK*, *Wellcome, 7-11* и т.п.) и супермаркетах.

Эта смарт-карта действительна для проезда и оплаты в магазинах не только в Тайбэе, но и многих других городах.

Одним из популярных средств передвижения по городу является велосипед. В Тайбэе существует система городского ***велопроката*** （自行車租賃） *Ubike (YouBike)*. По всему городу проложены специальные маршруты и велодорожки, а ***станции проката (точки проката)*** （出租站（租賃點）） можно найти практически у каждой станции метро, рядом с крупными магазинами и торговыми комплексами, парками не только в центре города, но и в любом районе Тайбэя. Оплачивать аренду велосипеда также можно с помощью смарт-карты *EasyCard*, зарегистрировав номер своей карты в электронной системе с помощью компьютера-автомата, установленного на каждой станции велопроката. Можно также зарегистрироваться на соответствующем сайте в интернете.

Вопросы и задания

Задание 1.

Подумайте и ответьте на вопросы:

想一想並回答問題。

1. Расскажите своим гостям о некоторых особенностях транспорта в Тайбэе. Используйте информацию, которую вы получили из этого урока и то, что знаете о городском транспорте вы сами.

2. Сейчас существует множество ***приложений***（應用程式）для ***мобильных устройств***（行動裝置）, с помощью которых можно следить за графиком движения городского общественного и железнодорожного транспорта ***в режиме онлайн***（在網上）. Какие вы можете порекомендовать ***мобильные приложения***（行動應用程式）для смартфонов (планшетов, компьютеров), с помощью которых можно узнать расписание движения поездов метро, автобусов, поездов железной дороги (а также самолётов)?

3. Существуют ли какие-нибудь ***скидки на проезд***（乘車折扣）в транспорте? Для каких ***категорий граждан***（公民類別）? Как их можно получить?

4. Есть ли какие-нибудь ***льготные проездные билеты***（優惠票價）для туристов (например, ***безлимитный***（無限）на 1 день (на одни сутки), недельный или месячный проездной билет)?

5. Где и как можно приобрести карту для проезда в городском пассажирском транспорте? Что для этого нужно?

6. Принято ли ***уступать место***（讓位）в транспорте женщинам, пассажирам с маленькими детьми и ***пожилым людям***（年長者）?

7. Что делать, если забыл свои вещи в автобусе или вагоне метро?

8. Что вы посоветуете приезжему: какие правила поведения в транспорте необходимо знать человеку, который только что приехал на Тайвань (в Тайбэй)? О чём нужно предупредить туристов?

⑨ Есть ли в Тайбэе (Тайване) ***карманные воры (карманники)***（扒手）, особенно в городском транспорте?

⑩ Дорого ли такси в Тайбэе?

⑪ Какие популярные веломаршруты есть в Тайбэе?

⑫ Кроме аэропорта Таоюань, есть ли ещё аэропорты в Тайбэе? Куда летают самолёты из этих аэропортов?

Задание 2.

Как вы поступите в следующих ситуациях:

在以下情況您會怎麼做。

❶ Ваш гость хочет самостоятельно осмотреть город. Он пока плохо ориентируется и не знает, как доехать до нужного ему места. Какую самую важную информацию о правилах проезда в общественном транспорте вы ему сообщите? Какие практические рекомендации относительно пользования городским общественным транспортом вы ему дадите?

❷ Ваш гость забыл (потерял) какую-то свою вещь в транспорте (или где-то в городе). Что вы ему посоветуете делать, как и чем можно помочь?

Железнодорожный транспорт
鐵路運輸

Железнодорожный транспорт на Тайване развит так же хорошо, как и городской. Существует несколько типов и категорий поездов. Например, привычные нам ***электрички – пригородные электропоезда***（郊區電動火車）. Купить билет на них можно в кассе вокзала или станции или же оплатить проезд транспортной картой (которой мы пользуемся для оплаты проезда в городском транспорте) перед входом на платформу станции (при выходе на станции назначения также необходимо приложить карту к валидатору).

Поезда дальнего следования（長途列車）***разделены на несколько категорий в зависимости от дальности маршрута***（根據路線的範圍分為幾類）(расстояния), ***типа поезда***（火車類型）, уровня комфортности и скорости поезда.

Настоящая гордость тайваньцев – ***высокоскоростные магистрали***（快速幹線）***:***

высокоскоростной экспресс （***HSR – High Speed Rail***；高鐵）, ***связывающий***（連接）столицу – Тайбэй – на севере острова с Гаосюном на юге. Если обычный поезд ***преодолевает***（克服）расстояние почти в 400 километров от Тайбэя до Гаосюна более чем за 6 часов, то высокоскоростной экспресс ***покрывает это расстояние***（涵蓋這個距離）в среднем всего за 2,5 часа.

ЭТО ВАЖНО! 重要須知

Высокоскоростная железнодорожная линия – это отдельный железнодорожный путь, отдельная, «самостоятельная» железная дорога. Будьте внимательны: обычный железнодорожный вокзал и вокзал Тайваньских высокоскоростных магистралей – это два разных вокзала. Если обычный вокзал, как правило, находится в ***черте города***（城市範圍）, в районе центра, то вокзал высокоскоростной магистрали обычно на ***окраине города***（城郊）, в стороне от центра. В каждом городе есть специальные автобусные маршруты из центра до такого вокзала и от вокзала в центр. Только в Тайбэе и обычная, и высокоскоростная железнодорожные линии находятся в одном здании ***Главного вокзала***（***Taipei Main Station***；臺北車站）, но на разных платформах (надо ориентироваться на ***соответствующие***（相關的）указатели).

Внимание!

Билеты надо сохранять до конца поездки: при выходе их нужно приложить к специальному турникету, через который вы сможете выйти с платформы (система, аналогичная проезду в российских пригородных поездах).

Автомобильный транспорт
公路運輸

На Тайване широко развита ***сеть междугородних автобусов*** （城市間客運網絡）. ***На линию ежедневно выходят*** （每天開出各種路線） сотни автобусов различных ***транспортных компаний*** （運輸公司，客運公司）. В Тайбэе рядом с Центральным (Главным) железнодорожным вокзалом находится автовокзал, откуда автобусы отправляются во все концы острова. Главный минус автобуса – частые пробки ***на автострада***х （在高速公路上） и шоссе ***в выходные и праздничные дни*** （例假日或節日）. Кстати, ещё один автовокзал (откуда можно, например, доехать и до международного аэропорта Таоюань) находится на станции метро «Сити холл» (синяя линия).

ЭТО ВАЖНО! 重要須知

Билет на поезд или междугородний автобус можно купить не только на вокзале (и, конечно, в Интернете), но и в любом сетевом магазине или супермаркете. Правда, для этого вы или должны знать китайский язык, или попросить своего тайваньского знакомого помочь вам: специальные терминалы по продаже билетов, ***установленные*** （被設立） в этих магазинах, дают информацию только по-китайски. В случае необходимости, вы можете обратиться за помощью к продавцу.

Задание 3.

Ваш гость (гостья) или знакомый (знакомая) хочет поехать куда-нибудь за город. Какой вид транспорта вы ей посоветуете (например, автобус, поезд, высокоскоростной экспресс)? Обоснуйте свою рекомендацию.

您的客人或朋友想去市區外的某個地方。您推薦哪種運輸方式（例如，公共汽車，火車，高鐵）？請論證您的建議。

Задание 4.

Как вы ответите на вопросы и объясните:

您如何回答問題，並解釋原因。

❶ Где можно найти и как сориентироваться в расписании движения поездов / междугородних автобусов?

❷ Где и как можно купить билет на поезд или автобус?

❸ В каких кассах на вокзале нужно покупать билеты на пригородные поезда и поезда дальнего следования, а в каких на высокоскоростной экспресс?

❹ Где и как можно сдать билет, если поездка вдруг ***срывается***（沒成功）?

❺ Где нужно садиться на обычный поезд, а где на высокоскоростной экспресс? Как сориентироваться на Главном железнодорожном вокзале Тайбэя?

❻ Как сориентироваться на вокзале / станции, куда приехал пассажир-турист? Как ему найти правильный выход, направление, остановку городского транспорта, стоянку такси и т.д.?

❼ Есть ли в поездах проводники или кондукторы? Как осуществляется проверка проездных документов?

❽ Принято ли на Тайване встречать и в провожать на вокзале?

❾ Есть ли на станциях, вокзалах и в поездах wi-fi?

❿ Что делать, если опоздал на свой поезд (например, высокоскоростной экспресс)?

Текст для дополнительного чтения и самоподготовки

補充閱讀與自學文章

Как вы, наверное, уже поняли, система городского транспорта в Тайбэе (как и вообще на Тайване) хорошо развита. Но мы не ***упомянули*** （提到） ещё об одном виде транспорта, который, как отмечают многие, является самым ***излюбленным*** （最喜愛的） и популярным. Речь идёт о ***мотороллерах*** （小型摩托車）, или, как сейчас модно говорить, – о ***скутерах*** （摩托車）. Конечно, на улицах вы увидите и привычные для россиян ***мопеды*** （輕便摩托車）, и мотоциклы, но скутеры – это ***одна из отличительных черт уличного движения*** （交通顯著特徵之一） многих стран Азии.

Скутер есть в любой тайваньской семье и практически у каждого члена семьи. На них ездят все: практически ***от мала до велика*** （從小到大） （***водительские права*** （駕駛執照） на Тайване, как и в России, можно получить и самостоятельно

управлять транспортным средством （ 駕 駛 車 輛 ）с 18 лет). Естественно, скутеры очень популярны у молодёжи. Многие студенты ездят на них на занятия в университет, а после занятий – в рестораны и по магазинам. А кто-то ездит на скутере и на работу. Это очень удобно, особенно в часы утренних и вечерних ***пробок***（塞車）: скутер – весьма мобильный транспорт, на нём очень легко ***объехать***（穿梭）любой ***дорожный затор***（交通堵塞）. Нередко за рулём скутера можно встретить и уже очень пожилых людей – «дедушек» и «бабушек», спешащих куда-то ***по своим делам***（做自己的事）: в магазины, на рынки и другие нужные им места. ***Несмотря на возраст***（儘管年齡）, они едут уверенно и очень быстро!

Скутер – это и своеобразный «семейный», а нередко и «грузовой» транспорт. Часто можно увидеть диковинные для иностранцев картины, от которых у них буквально ***глаза на лоб лезут***（非常驚訝）. Например, по утрам на одном скутере может ехать целая семья: папа и мама едут на работу и ещё ***отвозят***（載出門）своих детей в школу или детский садик. В таких случаях на одном скутере иногда могут сидеть двое взрослых и ещё два (а иногда и три!) ребёнка. Многие используют скутер как «***вьючного ослика***»（馱物的驢子）, нагружая его разнообразным грузом. На скутерах, например, часто перевозят большие газовые баллоны (не просто один – два: порой по четыре – пять!), большие ящики с овощами и фруктами и т.п. В качестве пассажира скутера на улицах города каждый день можно увидеть «***четвероногого друга***»（四條腿的朋友）: многие возят своих домашних ***питомцев***（寵物）– больших и маленьких собак, а иногда и кошек, при этом животные ведут себя очень дисциплинированно и соблюдают правила дорожного движения, чего, к сожалению, не скажешь об их хозяевах. К сожалению, на Тайване не все и не всегда ***соблюдают правила дорожного движения***（遵守交通規則）, и на дорогах часто бывают аварии. Их участниками нередко становятся водители скутеров, особенно молодые люди, которые часто ездят слишком быстро и далеко не всегда внимательны на дороге. Иногда на занятии в аудитории можно увидеть в ***ссадинах*** и ***синяках***, ***забинтованного***（包紮著擦傷和瘀傷）или даже ***загипсованного***（包紮石膏）студента ***на костылях***（用拐杖）– это результат ***ДТП***（= ***дорожно-транспортного***

происшествия；道路交通事故）с участием скутера…

Кстати, на улицах города ***проезжая часть***（車輛通行部分）имеет специальную ***разметку*** и ***выделенную полосу***（標記和分配的道路）для движения скутеров. Для водителей скутеров существуют специальные знаки и отдельные ***положения в правилах дорожного движения***（道路行車規則）(***ПДД***). Но ездить на скутере можно не по всем дорогам. Запрещён выезд на скутере на ***магистральные улицы***（主要幹道）, ***скоростные автострады***（高速公路）и крупные ***автотрассы***（公路）. На перекрёстке скутеры обычно стоят впереди основного ***транспортного потока***（交通車流）, перед светофором, и когда загорается долгожданный зелёный свет, они, как стая взлетевших ворон, которых спугнули с ветки дерева, с шумом и рёвом ***срываются с места***（急速離開原處）и разъезжаются в разные стороны…

Иногда за рулём скутера можно увидеть и иностранца. Это те ***смельчаки***（膽大的人）, которые уже ***освоились***（習慣）в особенностях интенсивного, иногда кажущегося немного ***сумбурным***（混亂）, но тем не менее упорядоченного городского дорожного движения мегаполиса. Кстати, ***дорожных инспекторов***（道路檢查員，道路警察）на дорогах Тайваня встретишь не так часто: за движением наблюдают видеокамеры, внимательно и ***беспристрастно фиксирующие любое нарушение***（公正地導正任何違規行為）. Но в пятницу вечером и по выходным на дорогах бывает много ***патрулей***（巡邏隊）: как и в России, некоторые любят выпить и ***сесть за руль в нетрезвом состоянии***（酒醉後開車）. Вот таких ***нарушителей***（違規者，罪犯）и ловят полицейские, заботящиеся о безопасности движения и здоровье всех его участников.

Прокатиться с ветерком（乘著微風遊蕩）на скутере по улицам Тайбэя или любого другого города или деревни – большое удовольствие и незабываемое впечатление. Попросите своего тайваньского знакомого немного ***покатать***（載去蹓躂）вас! Не сомневаюсь: вам понравится! Хотя иногда сначала может быть немного страшновато, но, как писал классик русской литературы Н.В. Гоголь в своём ***бессмертном произведении***（不朽的作品）«Мёртвые души»: «Какой же русский не любит быстрой езды»?!

ДЛЯ ЗАМЕТОК

УРОК 4

ТАЙБЭЙ: «ГОРОД НА СЕВЕРЕ» (1)

臺北：北方之城（1）

ТЕКСТ 1.

Как экскурсовод может начать рассказ о городе: его истории и главных достопримечательностях? Как представить гостям столицу Тайваня – Тайбэй? Посмотрите на один из возможных вариантов. Подумайте, как бы вы начали свой рассказ. Обратите внимание на выделенные слова!

導遊如何開始講述有關城市的故事：城市的歷史和主要景點？如何向客人介紹台灣首都臺北？參考可能選擇的素材之一。想想如何開始您的敘事。注意突出黑體詞組的短語！

Обзорная экскурсия по городу. Немного из истории Тайбэя.

Сегодня мы с вами познакомимся с Тайбэем – столицей Тайваня, самым крупным ***по площади***（面積）и ***численности населения***（人口數）городом нашей страны. Здесь, в Тайбэе, конечно, нет таких ***шедевров архитектуры***（建築傑作）и уникальных ***дворцово-парковых комплексов***（宮殿和庭園建築群）, какие демонстрируют нам такие города, как Рим, Париж или Петербург. Удивляться не стоит: это ***города с многовековой историей***（幾世紀的歷史古城）, а Тайбэй совсем молод. Всего около 150 (ста пятидесяти) лет назад ***долина реки***（河谷）*Даньшуй*（淡水）была заселена крестьянами, которые выращивали рис и овощи. Но, как заметил в начале 17 века знаменитый китайский писатель *Вень Чжень-хэн*（文震亨）[1], «мы не можем, идя по стопам великих мужей древности, поселиться на ***горных пиках***（山峰）или в глубоких ***ущельях***（峽谷）, а потому ***находим себе пристанище***（找尋自己的安身之處）в многолюдных городах». На Тайване это высказывание звучит очень актуально: сегодня пятая часть двадцатитрёхмиллионного населения острова живёт в Тайбэе и его окрестностях.

На самом деле, Тайбэй – это удивительный город, и у вас будет возможность самим в этом убедиться. Хотя, как уже было сказано, здесь нет впечатляющих ***архитектурных ансамблей***（建築群）, но есть много мест, где приятно просто побродить, отдохнуть, полюбоваться окружающей природой и куда всё время хочется вернуться. Храмы и монастыри Тайбэя притягивают своей красочностью и таинственностью. Нельзя также не отметить, что для жителей ***мегаполиса***（百萬人口的大都市）люди здесь необыкновенно дружелюбны.

Конечно, как в любой столице мира, здесь можно увидеть и автомобильные пробки, и толпы народа в ***часы пик***（尖峰時段）, и загрязнённый воздух. Но при этом Тайбэй ***обладает особым обаянием и притягательностью***（擁有特別迷人的魅力）, а

1 文震亨（1585－1645），字啟美，江蘇蘇州人。他是明代大書畫家文徵明的曾孫，天啟間選為貢生，任中書舍人，書畫咸有家風。文震亨家富藏書，長於詩文繪畫，善園林設計，著有《長物誌》十二卷，為傳世之作。英國學者柯律格（Craig Clunas）從明代物質文化的角度，研究了文震亨的《長物誌》。

гулять по улицам и паркам можно без каких-либо опасений даже глубокой ночью.

Сегодня, глядя на тайбэйские небоскрёбы из стекла и стали, на ***многоярусное переплетение транспортных развязок***（多層交錯的系統交流道）, трудно себе представить, что этот современный мегаполис совсем недавно был простой деревушкой.

В 1875 году ***губернатор***（欽差大臣；巡撫）*Шэнь Бао-чжэнь*（沈葆禎）[2] подал прошение на имя императора о выделении средств на строительство городской стены в районе между поселениями *Мэнцзя*（艋舺）（это современный район *Ваньхуа*；萬華）, *Да-дао-чэн*（大稻埕）(нынешняя улица *Дихуа*（迪化街）с прилегающими кварталами) и «*внутренним городом*»（城內）. Вскоре ***прошение было удовлетворено***（呈文很快被滿足／接受）, и за несколько лет здесь ***была возведена городская стена***（修建城牆）традиционной прямоугольной формы с пятью воротами. Так на 10-м году правления императора *Дэ-цзуна*（德宗）династии *Цин*（清朝）, в 1884 году по европейскому ***летоисчислению***（曆法）, Тайбэй получил официальный статус города – был окружён городской стеной, ворота которой ***запирались***（鎖住）на ночь. Стены давно нет, от неё сохранились лишь *Северные Ворота*（北門）и *Маленькие Южные Ворота*（小南門）. Они ярко выделяются среди окружающих довольно ***однотипных зданий***（同一類型的建築物）, и в то же время это соседство позволяет в полной мере ощутить, как изменился Тайбэй за прошедшие годы.

Чтобы узнать Тайбэй, ощутить его ритм, почувствовать ароматы и запахи, постараться понять его душу, нужно пройтись по деловому центру（貿易中心）в районе башни-небоскрёба（摩天大樓）«*101*» и «*Тайбэй сити холл*», обойти величественные ***мемориальные комплексы***（紀念性的建築群）*Сунь Ятсена*（孫逸仙）и *Чан Кайши*（蔣介石）, отдохнуть в одном из многочисленных парков города,

---

2 沈葆禎（1820 - 1879），字翰宇，又字幼丹。福建省閩侯縣人，他的妻子林普晴是清朝著名大臣林則徐的女兒。沈葆禎是晚清「同治中興」時洋務運動的重臣之一，先後曾任總理船政大臣及南洋大臣。1874 牡丹社事件時被清廷任命為欽差大臣到台灣督辦軍務。在其任內曾修築今台南市內的億載金城，廢除限制漢人渡台禁令。

например, неспешно пройтись по самому большому в городе парку «*Даань*»（大安）или погулять в Ботаническом саду и посмотреть на цветущие лотосы, ***потолкаться на ночных рынках***（推擠在夜市）,в частности, самом известном ночном рынке Тайбэя – «*Шилинь*»（士林）– и попробовать там экзотические по виду, вкусу и запаху блюда тайваньской кухни, например, ***чоу тофу – вонючий тофу***（臭豆腐）, а также ***диковинные тропические фрукты***（稀有的熱帶水果）, ***поторговаться***（討價還價）с местными торговцами и приобрести какой-нибудь простой, но оригинальный сувенир. В районе *Даньшуй* можно погулять по набережной одноимённой реки и дойти (или прокатиться на кораблике) до её ***устья***（出海口）– места, где река впадает в океан, и погулять по ***рыбацкой гавани***（漁港）. В этом же районе вы можете прогуляться по кварталам «колониального испано-голландского периода» Тайваня 17 (семнадцатого) века и осмотреть ***памятники колониальной архитектуры***（殖民時期的建築古蹟）, например, форт *Санто-Доминго*, или *Хунмао-чэн* («Крепость рыжеволосых»)（紅毛城）.

Ещё одно интересное историческое место – район улицы *Дихуа*（迪化街）. Первые дома здесь были построены ещё в начале 19 века ***эмигрантами***（移民）с материка, которые ***развили высокую коммерческую активность***（發展高度商業活動）и ***превратили***（使變成）эту часть города в крупный торговый район. Позднее там начали строить свои дома и открывать магазины иностранные ***купцы***（商人）. В период правления на Тайване японцев это место ***облюбовали***（看中，選擇了）и постепенно реконструировали японские торговцы и предприниматели. Сейчас мы видим здесь несколько торговых улиц, словно переместившихся в наши дни из далёкого прошлого: магазинчики размещаются в зданиях традиционной архитектуры, повсюду экзотические ароматы – ведь этот рынок известен всем в Тайбэе как рынок ***сухофруктов***（果乾）, чая, ***специй***（香料）и разнообразных ***целебных трав***（草藥）, ***лекарственных растений***（藥用植物）и прочих ***снадобий***（藥劑）традиционной китайской медицины. ***Уйти*** отсюда ***с пустыми руками***（空手而歸）просто невозможно. Пройдитесь по ***улочкам***（巷弄）этого района, загляните в лавочки и кафе, почувствуйте атмосферу старого Тайбэя, и вы ощутите

незримую связь（無形的連結）прошлого с настоящим.

Следующее место, которое я рекомендую вам посетить, – это Ботанический сад. Он расположен в центре города за высокой стеной. Собственно, первоначально стена окружала дворец ***градоправителя***（ 知 府 ）из династии Цин, позднее, во времена японского правления, здесь была резиденция ***наместника***（總督）, пока он не построил себе прекрасное большое здание – нынешний ***Президентский дворец***（總督府）. Сейчас в ***отреставрированном***（修復）старом дворце располагается ***Национальный музей истории***（國立歷史博物館）. Сам Ботанический сад заложили японцы более ста лет назад. Сохранились деревья, посаженные в те времена, среди них – индийское ***дерево Бо***（柏樹）, ***гигантский бамбук***（巨大的竹子）, ***каучуковые***（橡膠的）и ***кофейные деревья***（咖啡樹）. Здесь ***гнездятся***（築巢）редкие птицы, по ветвям прыгают чёрные белки, в прудах, что находятся позади здания музея, обитает множество рыб, которых так любят кормить посетители.

Раз в году парк оказывается в центре всеобщего внимания – в середине июля наступает сезон цветения розовых лотосов. Посмотреть на это чудо приезжают сотни гостей и жителей Тайбэя.

Любителям природы можно порекомендовать посетить резиденцию *Линь Юаня*（林園）и семейный сад семьи Линь в районе *Баньцяо*（板橋）. Это ***один из наиболее хорошо сохранившихся образцов традиционного китайского дворцово-паркового искусства***（這是中國傳統宮殿與庭園藝術保存最完好的例子之一）.

Если вы любите животных, то можно порекомендовать вам посетить тайбэйский зоопарк, расположенный в одном из самых живописных, тихих и зелёных районов города – *Мучжа*（木柵）, там же по ***канатной дороге***（纜車）можно подняться на гору *Маокон*（貓空）, погулять по ***чайным плантациям***（茶園）, полюбоваться видом цветущих растений и обилием зелени, посидеть – отдохнуть и вкусно поесть, попробовав местные блюда и выпив несколько ***пиалочек***（小茶盅）вкусного ароматного чая, при этом вы можете ***продегустировать***（品茶）и оценить вкус различных сортов зелёного и чёрного чая (причём выращенного и собранного здесь же, на этих плантациях). Гуляя по Маокону или сидя в одном из многочисленных кафе и ресторанчиков на горе, вы заодно сможете насладиться панорамой Тайбэя: город отсюда виден ***как на ладони***（如在掌中般小巧）, а его главный символ – ***небоскрёб***（摩天大樓）«*Тайбэй 101*» – прекрасен в любое время суток. Это ***архитектурная доминанта***（建築主體）и, конечно, главный символ города. Особенно прекрасен он вечером, когда разноцветными огоньками ***иллюминации***（照明彩燈）здание окрашивается в различные цвета…

Любителям активного и необычного отдыха можно посоветовать посетить ***горячие источники***（溫泉）в районе *Бэйтоу*（北投）или пригороде *Улай*（烏來）. А можно подняться на гору *Янминшань*（陽明山）и провести целый день, гуляя по Национальному парку и наслаждаясь красотой гор, прекрасными видами и панорамой Тайбэя ***с высоты птичьего полёта***（從高處鳥瞰）.

Если вы соберётесь за город, то советую вам посетить местечко *Ингэ*（鶯歌）, которое ***издавна***（自古以來）***славится***（以……著名）своими ***керамическими изделиями***（陶瓷製品）и ***мастерами керамики***（陶器工藝師）. Керамика всегда была для Китая и Тайваня национальным искусством. Сегодня эту традицию продолжает множество искусных ***умельцев***（巧匠）, создающих ***утончённые произведения***（精美作品）, которые можно увидеть на выставке местного музея керамики. Здесь же вы можете приобрести разнообразную посуду: тарелки, плошки, чашки, пиалы, чайники, вазы и недорогие оригинальные сувениры.

Наверняка каждый найдёт в Тайбэе что-то своё, какое-нибудь своё любимое место или уголок в этом большом, современном, ***динамичном***（活躍的）и продолжающем ***стремительно развиваться***（急速發展）мегаполисе. Надеюсь, у вас останутся яркие впечатления от посещения нашего города, которые надолго сохранятся в вашей памяти! ...

ТЕКСТ 2.

Обзорная экскурсия по городу. Национальный музей императорского дворца Гугун（故宮）[3]

城市觀光。國立故宮博物院

В самом центре Пекина за высокой красной стеной находится *Пурпурный запретный город*（紫禁城）. Внутри этого дворцового комплекса, насчитывающего 9 999 разнообразных зданий и долгие годы скрытого от глаз обыкновенных людей, веками накапливались ***несметные сокровища***（不可勝數的珍寶）. В тысячелетней истории Китая императоры и члены их семей часто выступали в роли крупных коллекционеров ***произведений искусства***（藝術作品）. Конечно, немало вещей из императорских художественных коллекций ***было утрачено***（丟

---

3 國立故宮博物院（簡稱故宮），前身為中華民國政府於 1925 年 10 月 10 日在北京紫禁城所建立的故宮博物院。1933 年為躲避日本侵略，故宮博物院文物南遷，經過多次遷移，經過上海、南京、安順、重慶、樂山、峨眉等地。1948 年抗日戰爭勝利後，南遷文物運抵南京；而 1948 年因國共戰亂，中華民國政府將故宮博物院南遷文物精品運往臺灣以避戰亂。1965 年 11 月 12 日位於臺北市士林區外雙溪的臺北現址落成。一般為了與「北京故宮」有所區別，所以俗稱「臺北故宮」。故宮典藏世界一流的中華瑰寶，品類繁多，包括銅器、玉器、陶瓷、漆器、珍玩、書法、繪畫、善本古籍、以及文獻等等，典藏總數超過六十五萬件，年代跨越七千年。

失 ） или уничтожено во времена кровавых смен династий, но многие из них всё же ***передавались из поколения в поколение***（代代相傳）и хранились во дворцах, скрытые от внешнего мира. Лишь в 1911 году после падения последней династии Цин людям, не принадлежавшим к императорскому дому и его окружению, было позволено входить в Запретный город и ***любоваться сокровищами***（欣賞珍寶）, некогда предназначавшимся только для глаз императора и ***придворных***（朝臣）. В 1925 году дворцовый комплекс за красной стеной был назван Национальным музеем императорского дворца.

Однако публичный доступ к коллекциям был недолгим. В 1933 году они покинули Запретный город, потому что гражданская война и ***иноземное вторжение создали угрозу их сохранности***（外敵入侵對保存文物造成威脅）. Спасаясь от уничтожения и ***разграбления***（洗劫）японскими ***оккупантами***（侵略者）, сокровища совершили путешествие длиной в 16 000 километров по всей территории Китая.

Когда в 1949 году правительство *Гоминьдана*（國民黨）***эвакуировалось***（撤退）на Тайвань, оно доставило на остров основную и наиболее ценную часть собрания – столько, сколько было в состоянии вывезти. Для того чтобы обеспечить сохранность произведений искусства, коллекция была сначала размещена в безопасном туннеле в центральной части острова, в районе города *Тайчжун*（臺中）. Только в 1965 году она переехала в специально построенный для неё комплекс выставочных зданий и ***хранилищ***（保存庫）на севере Тайбэя, ныне известный как Национальный музей императорского дворца (Гугун).

Тайваньский *Гугун* наряду с *Лувром*（羅浮宮）, *Эрмитажем*, *Британским музеем*（大英博物館）и *нью-йоркским Метрополитен-музеем*（紐約大都會博物館）***входит в число***（列入）лучших музеев мира и обладает крупнейшей и ценнейшей коллекцией произведений китайского искусства. Его собрание ***включает в себя***（包含）около 650 000 ***единиц хранения***（件文物）, в том числе ***керамику***（陶器）, ***каллиграфию***（書法）, редкие книги, живопись, ***ритуальную***（祭祀的）***бронзу***（青銅）, изделия из ***нефрита***（軟玉）, ***антикварные***（古董的）шкафчики и ***шкатулки***（首

飾箱）, ***лаки*** （漆器）, ***эмали*** （珐瑯）, ***письменные принадлежности*** （文具）, ***резьбу*** （雕刻）, ***вышивки*** （刺繡品） и другие изделия ***декоративно-прикладного искусства*** （實用裝飾藝術）. Поскольку музей ***располагает площадями*** （安排場地） ***для одновременного экспонирования*** （同時期的展覽） только 15 000 предметов, бо́льшая часть ценностей содержится в специальных хранилищах, ***оборудованных системами контроля температуры и влажности*** （配備溫度和濕度控制系統） и сооружённых ***глубоко в толще горы*** （山的深處）, у ***подножия*** （山腳） которой находится музей. ***Смена экспозиции происходит раз в три месяца*** （展覽每三個月更換一次）, а это значит, что для просмотра всей коллекции потребуется одиннадцать лет.

Пройдитесь по залам музея （走在博物館的大廳裡） и ознакомьтесь с его ***экспозицией*** （陳列品）. Вы увидите ***подлинные шедевры*** （真正的傑作） древнекитайского искусства. Среди самых известных ***экспонатов*** （展覽品） – *«Жадеитовая капуста с насекомыми»* （翠玉白菜與昆蟲）, или просто *«Жадеитовая капуста»* （玉白菜）. Это небольшая скульптура из целого куска жадеита, которому придана форма кочана пекинской капусты, с прячущимися в её листьях саранчой и зелёным кузнечиком.

В так называемые *«Три сокровища музея»* （博物館三寶） также входит ***миниатюрная скульптура*** （小巧的雕刻） *«Камень формы мяса»* （肉形石） – это небольшой камень, который выглядит как тушёная свинина или сало. Эта статуэтка （小雕像） вырезана из особого вида ***яшмы*** （碧玉）, который называется «***мясной агат***» （肉形瑪瑙）. Мастерство ***резчиков*** （雕刻家） позволило передать не только слои жира и мяса, им удалось создать полную имитацию ***прослоек*** （層） жира, корки мяса и даже корней волос и жил, которые выглядят как настоящие. Третьим бесценным сокровищем является и знаменитый бронзовый ***котёл-треножник*** （三腳鼎） «***Мао-гун дин***» （毛公鼎）.

Музей императорского дворца ежегодно посещает свыше 5,5 (пяти с половиной) миллионов посетителей. На сегодняшний день это один из самых посещаемых художественных музеев в мире.

ТЕКСТ 3.

Обзорная экскурсия по городу. «Тайбэй 101»[4]

城市觀光。臺北 101 大樓

В погожий безоблачный день практически из любой точки Тайбэя вы можете увидеть стройный силуэт небоскрёба «*Тайбэй 101*». Уходящая в небо башня «101» – это, пожалуй, главный символ города, одно из самых красивых высотных зданий в мировой архитектуре. Можно сказать, что здесь соединились красота искусства, пришедшего из далёкой старины, и ***чудо современной техники***（現代科技的奇蹟）. В архитектуре здания отражено сочетание прошлого и настоящего, в нём ***гармонично сплетаются***（和諧地交織）современные традиции и элементы древней китайской архитектуры.

Здание построено по проекту архитектора（建築根據建築師設計而建）*Ли*

Цзу Юаня （李祖源） в ***стиле постмодернизма*** （後現代主義風格）. Основные ***строительные материалы*** （建築材料）, применявшиеся при строительстве, – стекло, сталь и алюминий.

Создавая проект, авторы использовали множество традиционных китайских символов. Основная часть здания состоит из восьми секций по восемь этажей каждая, и это неслучайно: в одном из диалектов китайского языка слово «восемь» созвучно слову «процветание» – это значение известно во всём Китае и на Тайване, – поэтому «восьмерка» считается счастливым числом. А число «сто» в китайской традиции – символ совершенства, поэтому «101» (общее количество этажей) означает «верх совершенства», или «лучший из лучших».

Необычна форма и расположение секций – ***конструктивных элементов*** （結構要素） здания. Каждая из них ***представляет собой усечённую пирамиду*** （呈現截斷的角錐型）, расположенную ***основанием кверху*** （由下而上為基礎）, поэтому башня напоминает ствол бамбука – символ роста, стойкости и долголетия. Существует и другая интерпретация формы здания: его части похожи на старинные китайские ***сосуды для риса*** （米缸）, а согласно традиции, сосуд с рисом символизирует богатство и благополучие.

Элементы декора （裝飾元素） также связаны с китайской символикой. На каждой стороне башни можно увидеть декоративные элементы, представляющие собой круг с квадратным ***отверстием*** （洞） – изображение древних китайских

---

4 臺北 101 大樓是由建築大師李祖原設計，並與王重平建築師所共同建造。李祖原善於把中華文化融入其所設計的大樓造型中，臺北 101 的外型採用了中國人心中謙謙君子的代表一竹子，效法其正、直。第 27 層至第 90 層共 64 層中，每 8 層為一節，共 8 節，係以中國人吉祥數字「八」作為設計單位。每節的倒梯形方塊，形狀來自中國的「鼎」，狀似竹節，每節頂樓向上展開的弧線，代表蓬勃向上、節節高升。此外還有處處可見的中國傳統風格裝飾物，表現出將中華文化與西方科技融合的理念。24-27 層的位置有直徑近 4 層的方孔古錢幣裝飾，象徵財源滾滾。建築主體旁有 6 層樓，約 60 公尺高的「裙樓」，主要規劃為購物中心，地下 1 樓有各式異國美食小吃；1 樓至 5 樓多為國際知名品牌專櫃，吸引許多購物逛街人潮。建築主體為商業出租之用。其中 85、86 樓設有景觀餐廳供遊客享用美食。89 樓為景觀層，開放遊客從高空觀賞臺北景色，尤其在黃昏旁晚，欣賞美麗夜景，如果天候良好，從 91 樓戶外觀景台即可鳥瞰臺北。

монет, символизирующих богатство. Издавна считалось, что старинные монеты способны ***«притягивать» деньги***（招財）, недаром многие люди носят такие монетки на шее или в бумажнике. А поскольку большую часть здания занимают торговые залы и офисы, декоративные «монеты» – это символ-пожелание успешного бизнеса. На углах каждой секции в соответствии с традицией расположены драконы, охраняющие здание от враждебных сил. ***Эмблема***（標誌）над главным входом в башню – три золотые монеты в древнем стиле с ***отверстием***（孔）в центре – сделаны в форме, напоминающей арабские цифры 1-0-1.

Удивительно смотрится «101» и вечером: ещё одним украшением является ***подсветка***（照明燈）здания, а ***шпиль***（尖頂）башни подсвечивается определённым цветом, при этом каждый соответствует своему дню недели. Последовательность цветов та же, что и у спектра или радуги: от красного в понедельник до фиолетового в воскресенье. В китайской культуре традиционно считается, что радуга символизирует мост между землёй и небом.

Официальное открытие（正式開幕式）небоскрёба ***состоялось***（進行；舉行）17 ноября 2003 года, ***в эксплуатацию здание было введено***（建築物啟用與營運）31 декабря 2003 года. Стоимость строительства «Тайбэй 101» ***обошлась в сумму***（總花費）1,7 млрд (один и семь миллиардов) долларов США. В 2004 году небоскрёб «Тайбэй 101» ***был официально признан***（被公認）самым высоким зданием в мире: его высота со шпилем – 509,2 м (пятьсот девять и два десятых метра), без шпиля – 449,2 м. Первое место среди самых высоких небоскрёбов «Тайбэй 101» занимал до 4 января 2010 года, когда ***торжественно было открыто***（隆重開幕）самое высокое сооружение в мире – небоскрёб *Бурдж-Халифа*（哈里發塔）в Дубае (ОАЭ (Объединённые Арабские Эмираты), 822 м).

Как уже говорилось, здание построено ***по последнему слову техники***（採用最新技術）. Специальный состав стекла, не ограничивая ***доступ света извне***（採室外自然光線）, обладает свойством защиты помещений от жарких солнечных лучей. В здании множество лифтов, работа которых организована так, что никто не ждёт лифта более 30 секунд. Среди них самые скоростные в мире: за 37 секунд со скоростью 60,6 км/ч (километров в час), или 16,83 м/сек (1010 м/мин) они ***домчат***（高速運送）вас с 5-го этажа на 89-ый, на внутреннюю ***смотровую площадку***（觀景台）, откуда в ясную погоду ***открывается прекрасная панорама***（展開美麗全景）Тайбэя. Она находится на высоте 383,4 метра над землёй. Ещё одна, внешняя, смотровая площадка расположена на высоте 391,8 метров над землёй. Это одна из самых высоких смотровых площадок в мире. Попасть сюда можно по лестницам, ведущим с нижней смотровой площадки.

Основание и фундамент здания укреплены с помощью（建築的地基以……強化）380 (трёхсот восьмидесяти) ***бетонных опор***（混凝土基樁）, которые ***уходят в землю на глубину***（深達地下）80 метров. Между 87-м и 91-м этажами находится огромный ***шар-маятник***（阻尼器）весом 660 тонн, который служит для ***гашения вибрации***（減震）во время тайфунов, ураганов и землетрясений. Инженеры, работавшие над строительством здания, заявляют, что оно может выдержать ***порывы ветра***（陣風）до 60 метров в секунду, или 216 км/ч, и самые сильные землетрясения ***магнитудой до 8 – 9 баллов по шкале Рихтера***（芮氏地震規模 8-9 級）.

На 1 – 5-ом этажах располагаются магазины и рестораны, выше – ***офисные помещения***（辦公室）, ***оздоровительный центр***（健康中心）, клубы и бары. На ***подземных этажах***（地下樓層）– ***места для парковки автомобилей***（停車場）.

С момента открытия торговый центр небоскрёба стал излюбленным местом горожан. А в дни праздников около здания устраиваются концерты, ***красочные***（色彩鮮艷的；生動的）***шоу***（演出）, собирающие огромное число людей. С 2005 г. ежегодно в башне «101» проходят ***любопытные соревнования***（新奇的比賽）: ***забег по ступеням***（登高賽）на 91-й этаж.

Существует ещё одна прекрасная традиция, связанная с этим главным символом Тайбэя и одним из символов Тайваня: ежегодно в новогоднюю ночь (по обычному, общепринятому календарю) башня «Тайбэй 101» ***вспыхивает огнями***（點燃）праздничного новогоднего фейерверка. Улицы и площади перед небоскрёбом, соседние дома, а также все близлежащие холмы задолго до наступления календарного нового года заполняются народом: молодёжь, родители с детьми и ***люди преклонного возраста***（高齡的人）, а также огромное количество иностранных гостей с нетерпением ждут последней секунды уходящего года, ведь наступление нового года начинается ***с первым залпом праздничного салюта***（從第一發節慶煙火發射）. Верхние этажи здания превращаются в огромное ***табло***（顯示板）, на котором начинается ***обратный отсчёт***（倒數）времени за несколько секунд до наступления нового года. И последняя цифра, как последний удар Кремлёвских курантов, даёт старт новому году и началу красочного ***фейерверка***（煙火）. ***Зрелище***（場面；景象）просто фантастическое!

Если вы спросите жителей о достопримечательностях города, ***едва ли не***（幾乎）***первым***（首先）они назовут «Тайбэй 101». По-своему они правы, тем более что это строительное чудо сооружено в ***зоне повышенной сейсмической опасности***（地震高危險區）. Один из самых высоких небоскрёбов в мире – на острове, где бывает несколько десятков землетрясений в год!

С каждым годом появляются всё новые и новые небоскрёбы-рекордсмены, ***построенные с применением более современных инженерных технологий***（建築採用更新進的現代工程技術建造）, но «Тайбэй 101» навсегда останется ***образцом архитектурного совершенства***（卓越的建築模型）, ***гармонично сочетающим***（和諧地結合）древние символы китайской культуры с новейшими ***достижениями инженерной мысли***（工程師理念的成就）.

Текст для дополнительного чтения и самоподготовки
補充閱讀與自學文章

Посмотрите, пожалуйста, на небольшие образцы стандартных текстов экскурсоводов на основных этапах экскурсии (начало – ход экскурсии – завершение экскурсии). Обращайте внимание на выделенные слова и обороты.

Текст экскурсовода № 1. Автобусная обзорная экскурсия по городу
為觀光導遊準備的文章 No. 1. 城市巴士觀光

Начало экскурсии: 旅遊開始：

Здравствуйте, дорогие друзья! Я рад(а) приветствовать вас в Тайбэе. Меня зовут... [представиться, назвать своё имя]*, я буду вашим экскурсоводом. Сегодня мы с вами совершим* [***автобусно-пешеходную***]（汽車與步行的）***обзорную экскурсию***（觀光旅遊）*по городу. Мы узнаем о его истории, проедем по некоторым интересным районам города, побываем в музее* [название музея или музеев]*, пройдём по* *современному* ***деловому центру*** （貿易中心）, ***совершим прогулку*** （散步） *по старой торговой части и, наконец, у нас будет* ***уникальная возможность*** （獨特的機會） *увидеть панораму города с* ***самой высокой его точки*** （至高點） *–* ***обзорной*** */* ***смотровой площадки*** （觀景台）, *расположенной на 89 (восемьдесят девятом) этаже самого высокого здания Тайбэя и Тайваня – «101». Протяжённость нашего путешествия составит*... [можно сказать, какое общее расстояние вы проедете и пройдёте за время экскурсии] *километра / километров, длительность* – [обязательно напомнить о времени продолжительности экскурсии!] *часа / часов. Задать все интересующие вас вопросы вы можете в ходе* или: *в конце экскурсии. Наше путешествие начнётся и закончится в одном месте* [назвать место отправления, начала экскурсии] *– у главного входа в университет Чжэнчжи, где мы с вами и находимся в данный момент.*

Не забудьте представить вашего водителя! 別忘記介紹司機！

Представляю вам нашего водителя. Его зовут [назвать имя водителя]. *Пожалуйста, на всякий случай запомните номер нашего автобуса* – [назвать бортовой номер автобуса и повторить его ещё раз. Можно попросить записать или сфотографировать на смартфон].

В ходе экскурсии: 遊覽中：

Итак, мы с вами отправляемся. Позади остаётся кампус университета Чжэнчжи, и мы с вами едем по району Мучжа. «Мучжа» в переводе с китайского означает «деревянный забор». Когда-то здесь была деревня, и местные жители отгораживали свои дома деревянными заборами от переселенцев из Китая. Сегодня это один из живописнейших районов Тайбэя. Можно сказать, что мы находимся на самой окраине города, в южной его части. Весь район целиком называется Вэньшань.

Сейчас мы поворачиваем направо и выезжаем на улицу Синьгуан. С правой стороны вы видите станцию канатной дороги. Эта канатная дорога была открыта относительно недавно, чуть больше десяти лет назад, 4 июля 2007 года. Она соединила сразу три совершенно непохожие друг на друга достопримечательности южной части города: зоопарк, храм Чжинань и гору Маокон – район чайных плантаций с популярными среди жителей города чайными домиками и ресторанами. Длина дороги, работающей круглый год, четыре километра, всего она имеет шесть станций: две технические, две промежуточные – одна в районе тайбэйского зоопарка, вторая на территории ***храмового комплекса*** （廟宇群集） *Чжинань – и две конечные остановки: «Станция Маокон» на вершине горы и станция,* ***мимо которой мы как раз сейчас проезжаем*** （現在我們剛好經過）*, «Тайбэйский зоопарк». Скорость движения кабинки – от трёх до пяти метров в секунду.*

Справа вы также видите высокие, покрытые зеленью склоны холмов. Эти места южного Тайбэя носят название Маокон. Сегодня они ***стали одной из самых известных достопримечательностей*** （成為最有名的觀光景點之一） *города. Здесь находится одна из крупнейших и лучших* ***чайных плантаций*** （茶園） *Тайваня. На холмах Маокона выращивают такие знаменитые сорта чая, как «Те Гуань-инь», что означает «железная богиня Гуань-инь», и «Баочжун».*

Название «Маокон» имеет любопытную историю. По-китайски «мао» （貓）

значит «кошка», а «кон» – «нора»（穴）. Сложно представить, какое отношение «кошачьи норы» имеют к чайному делу. На самом деле ландшафт, где располагаются чайные плантации, сформирован из русла горного ручья и двух высоких холмов, которые образуют долину Маокона. За долгие годы вóды горного ручья сточили ***каменные глыбы*** *и* ***валуны***（巨石塊與大圓石）, *так что в них появились* ***отверстия***（窟窿）, ***напоминающие кошачьи норы***（貌似貓的洞穴）, *и по одной из версий,* ***первопроходцы***（開拓者）, *пришедшие сюда, назвали это место «кошачьими норами».*

Сегодня Маокон – чрезвычайно популярное место отдыха, особенно среди студентов и жителей Тайбэя, а теперь благодаря канатной дороге оно привлекает внимание многочисленных туристов.

На вершине горы Маокон находится множество чайных домиков, где можно приобщиться к древней церемонии чаепития – многовековой китайской традиции, восходящей к 7 веку, периоду правления династии Тан.

Чаю посвящаются книги, он воспевается в стихах. Так, в конце 8 века монах Лу Юй（陸羽）[5] *создаёт «Трактат о чае»*（茶經）, *в котором описывает основные правила чаепития и его духовные принципы: смирение, чистота и покой души.* Приблизительно в тот же период поэт Лу Тун*（盧仝）[6] *создаёт настоящую оду чаю «Семь чашек чая»*（七碗茶歌）, *которую без преувеличения можно назвать философией чаепития.** Первая чашка освежает, вторая уносит печаль, третья просветляет разум, четвёртая освобождает от суеты повседневности, пятая даёт ощущение радости бытия, шестая вызывает чувство внутренней свободы. А вот седьмую пить не стоит, потому что возникающее после седьмой чашки чувство абсолютной свободы и лёгкости бытия может оторвать человека от земной жизни.*

Кроме того, здесь, на Маоконе, можно попробовать необычные блюда, например, рис с измельчёнными чайными листьями, цыплёнка, приготовленного в чайных листьях, и многие другие блюда китайской кухни. А когда наступают сумерки, перед вами открывается сверкающая огнями панорама ночного Тайбэя.

А сейчас с правой стороны вы видите главный вход в Тайбэйский зоопарк.

Это крупнейший и самый старый зоопарк на Тайване. ***Его история начинается*** （歷史起源於）*в 1914 году, когда в пригороде Тайбэя – в районе Юаньшань – был основан частный зоологический сад. В 1915 году японская администрация на Тайване выкупила зоосад и преобразовала его в государственный зоопарк.*

На новое место в район Мучжа зоопарк переехал в 1986 году. Значительная территория зоопарка (165 гектаров) позволяет ***содержать животных*** （豢養動物）*не в* ***клетках*** （籠子）, *а в просторных* ***вольерах*** （獸欄）, *ландшафт которых приближен к естественным условиям мест их обитания. Зоопарк делится на несколько частей, в каждой из которых представлены животные из различных климатических зон Земли: от обитателей африканских саванн до живущих во льдах Антарктиды королевских пингвинов.*

Чтобы сделать своё путешествие приятным и не особенно утомительным, вы можете воспользоваться маленьким автопоездом, который за считанные минуты доставит вас из нижней части зоопарка в верхнюю. Кстати, по дороге к поезду не забудьте остановиться на берегу маленького пруда, чтобы полюбоваться грациозными фламинго.

---

5 陸羽（733-804），唐復州競陵郡（今湖北天門）人。一名疾，字鴻漸，自稱桑苧翁，又號東岡子。自幼好學，性淡泊，閉門著書，不願為官。安史之亂後，盡心於茶的研究，以著世界第一部茶葉專著《茶經》而聞名於世，因而被後人稱為「茶聖」。

6 盧仝（795-835），唐代詩人，號玉川子，濟源（今屬河南）人，祖籍范陽（今河北涿州）。年輕時隱居少室山，家裏貧窮，但盧仝很喜歡讀書，不願入仕為官。盧仝一生愛茶成癖，以一曲七碗茶歌，名揚四海，傳唱千年而不衰，歷代的文人茶客在品茗詠茶時，都喜歡朗誦這一首詩。這一首詩原名「走筆謝孟諫議寄新茶」，詩人盧仝描寫在睡午覺的時候，收到孟諫議派人送來的新茶，在滿心歡喜之餘，立刻關起門來煎茶吃，他把喝七碗茶的感受，描寫得淋漓痛快，所以後代喜歡喝茶的人，都喜歡把這一首詩，當成是喝茶的準則。七碗茶歌的內容和意義為：「一碗喉吻潤」，因為茶可以滋潤身心，產生喉韻；「兩碗破孤悶」，茶可以破除煩悶；「三碗搜枯腸，惟有文字五千卷」，茶可以刺激靈感，使文思泉湧；「四碗發輕汗，平生不平事，盡向毛孔散」，茶可以抒發情緒，創造正向的思考；「五碗肌骨清」，茶可以使人超越俗事，連肌骨都為之清朗；「六碗通仙靈」，茶可以使人通往神明的境界；「七碗喫不得，惟覺兩腋習習清風生」，喝完七碗茶就不能再喝了，因為會使人升起如夢似幻的境界。

Поезд привезёт вас прямо к королевским пингвинам, а по пути вы ещё можете посмотреть на любимцев тайбэйцев – семейство панд, которые живут в отдельном специально построенном для них вольере.

От жилища пингвинов, словно ручейки с горы, сбегают вниз извилистые дорожки. Если у вас нет других предпочтений, вы можете выбрать любую, она непременно вас куда-нибудь выведет: либо к меланхолично жующим пятнистым жирафам, либо к многочисленному семейству бегемотов, дремлющих на берегу водоёма, либо к слонам, зебрам, тиграм, страусам – ***всего не перечесть***（無法盡數）*. Но забавнее всего наблюдать за шимпанзе – удивительно смышлёные животные, а главное, в их поведении виден характер, чего не скажешь о более апатичных носорогах, слонах, бегемотах и прочих тропических гигантах.*

Наблюдать за жизнью животных, даже находящихся в неволе, – увлекательное занятие, ведь это прикосновение к природе, частью которой мы являемся. Всё-таки совершеннее Природы мастера нет. И она хранит ещё много загадок и тайн, пока недоступных для человека.

В левые окна автобуса вы можете увидеть（從左車窗可以看見）*небольшую речку Дзинмей, а за верхушками деревьев немного впереди слева можно заметить* ***наконечник шпиля***（尖塔）*башни-небоскрёба «Тайбэй 101» – главного символа Тайбэя,* ***к которому мы через несколько минут подъедем***（再幾分鐘我們將抵達那）*и* ***где будет наша первая остановка***（那裡將是我們的第一站）.

Обратите внимание（請注意）*:* ***слева по вершинам холмов***（山峰）*вы видите маленькие беленькие «домики».* ***Издалека может показаться***（從遠處顯見）*, что это что-то типа дачных домиков. На самом деле, это традиционные тайваньские кладбища, а «домики» – это* ***усыпальницы***（公墓）*, или* ***фамильные склепы***（家族墓穴）.

Мы проезжаем через туннели, соединяющие район Мучжа с центральной, деловой частью города – «Сити холл». Так как Тайбэй находится в ***гористой местности***（山區）*, несколько лет назад началось активное строительство* *туннелей для облегчения и ускорения* ***транспортной коммуникации*** （交通運輸） *в городе и* ***междугородном сообщении***（城際交通）.

Кстати, длина самого длинного в Тайбэе и Азии автомобильного туннеля «Сюэшань» («Снежная гора») составляет двенадцать километров девятьсот метров. Он связывает столицу острова Тайбэй с крупным городом Илань на северо-востоке Тайваня. Этот туннель также претендует на звание «долгостроя Азии» – его строительство началось ещё в 1991 году и несколько раз прерывалось из-за ***оползней***（塌坍）*, наводнений и* ***обвалов***（倒塌）*, которые* ***унесли жизни***（奪去生命） *двадцати пяти рабочих.*

Вот, наконец, мы подъезжаем к зданию «101», которое до сих пор вы видели только издалека, а сейчас у вас есть возможность ***вблизи оценить его масштаб***（從近處估計它的規模）. *Сейчас мы* ***сделаем остановку***（停留）*, выйдем из автобуса, подойдём поближе к зданию, обойдём его со всех сторон и зайдём внутрь. У нас будет экскурсия на смотровую площадку, мы поднимемся на восемьдесят девятый этаж. Не забудьте взять с собой фотоаппараты, видеокамеры и мобильные телефоны, чтобы сфотографироваться на память.* ***После экскурсии у вас ещё будет полчаса свободного времени***（遊覽後我們有半小時自由時間）. *У автобуса мы соберёмся ровно в...* [назвать точное время и место сбора! Повторить время и место несколько раз]. ***Пожалуйста, запомните номер нашего автобуса и место его стоянки! Убедительная просьба не опаздывать к отправлению автобуса!***（請記得車牌號碼與停車位子！懇請各位不要延遲發車時間！）

Не забудьте напомнить туристам время и место встречи, время и место отправления автобуса! 不要忘記提醒遊客約定集合的時間和地點，公車出發的時間和地點！

Продолжение автобусной части экскурсии 繼續巴士旅遊部分：

Итак, мы продолжаем наш путь. Проверьте, пожалуйста, все ли на месте! Никто не потерялся? Никто не опоздал? Посмотрите, на месте ли ваш сосед!

Сейчас мы едем дальше, и наша следующая остановка будет совсем скоро: мы почти рядом со следующей достопримечательностью нашего города – Мемориальным залом Сунь Ятсена – ***одного из выдающихся политических деятелей*** （最傑出的政治家之一） *китайской истории,* ***основателя партии*** （創黨人） *Гоминьдан. Сейчас мы проезжаем по* ***административно-деловой части*** （行政事務處） *Тайбэя – «Сити-холл». В этом районе сконцентрировано большое количество высотных зданий, в которых расположены* ***официальные органы государственной власти*** （國家當局的正式機構） *и управления, а также* ***офисы компаний*** （公司辦公室）, ***торговые представительства*** （貿易代表處）, ***крупные торгово-развлекательные центры*** （大型購物與娛樂中心） *и комплексы, бесчисленные кафе и рестораны.*

Обратите, пожалуйста, внимание на это большое здание. Это ***типичный образец монументального административного сооружения*** （宏偉的行政建築物的典型樣式）. *Это и есть «Сити холл», что соответствует русскому* ***«мэрия»*** （市政廳） *или* ***«городской совет»*** （市議會）, *то есть* ***городская администрация*** （市政府）.

Завершение экскурсии
遊覽結束：

Итак, дорогие друзья, наше путешествие подходит к концу (=заканчивается, завершается; **СВ:** *подошло к концу, закончилось, завершилось). Сегодня мы [немного] познакомились с Тайбэем: узнали о его истории, посмотрели (= осмотрели) основные достопримечательности [,* ***познали*** （知道） *тайны и* ***сокровища*** （寶藏）*] нашего города. Надеюсь, что вам понравилось сегодняшнее путешествие и у вас останутся хорошие воспоминания и впечатления об этом городе и о Тайване. Благодарю вас за* *внимание! Если в ходе экскурсии у вас возникли какие-либо вопросы, сейчас я могу на них ответить* или: *Сейчас вы можете задать мне свои вопросы. Ещё раз благодарю вас за внимание, до новых встреч!*

УРОК 5

ТАЙБЭЙ: «ГОРОД НА СЕВЕРЕ» (2)

臺北：北方之城（2）

ТЕКСТ 1.

Обзорная экскурсия по городу. Мемориальный зал Чан Кайши, Президентский дворец и Мемориальный зал Сунь Ятсена.

城市觀光。中正紀念堂，總統府和國父紀念館。

Мемориальный зал （紀念堂）Чан Кайши – вторая по популярности достопримечательность Тайбэя после небоскрёба «101».

Мемориальный зал Чан Кайши, первого президента страны, великого государственного и политического деятеля Китая, – это великолепное ***восьмиугольное сооружение***（八角形結構）из белого мрамора, крыша которого в точности повторяет ***очертания***（輪廓）крыши *Храма неба*（天壇）, расположенного в Пекине. Это настоящий образец китайской архитектуры, выполненный в традиционном стиле.

Президент Тайваня *Чан Кайши* ***скончался***（逝世）5 апреля 1975 года. В июне того же года ***было принято решени***е（做出決定）о строительстве мемориального комплекса в Тайбэе, с тем чтобы ***почтить память***（致哀）великого лидера страны и нации. Уже 2 июля 1975 года было выбрано место для строительства. ***Комитет по строительству объявил конкурс***（建築委員會宣布競賽）на проект мемориала, ***привлекая к***（吸引）***участию***（參加）в нём как тайваньских, так и зарубежных архитекторов. После ***предварительного отбора***（初選）из 43 (сорока трёх) представленных проектов было отобрано 5 работ. По просьбе комитета архитекторы ***разработали подробные чертежи*** и ***модели здания***（制定了詳細的建築結構圖與模型）. После изучения работ и многочисленных консультаций экспертов Комитет выбрал проект, представленный архитектором *Ян Чо Ченг*（楊卓成）.

31 октября 1976 года в 90-й (девяностый) день рождения ***покойного***（亡者）президента Чан Кайши ***состоялась торжественная церемония***（舉行莊嚴的儀式）начала строительства мемориального комплекса, который был ***официально открыт***（正式營運）5 апреля 1980 г.

Вход на площадь, где располагается мемориал Чан Кайши, ***обрамляет***（環繞）***сводчатая арка***（拱門）, высота которой составляет 30 метров и ширина – 80 метров. Она находится в 470 (четырёхстах семидесяти) метрах от главного зала. Увидев мемориальный зал со стороны центральной арки, ***посетители не сразу могут оценить его величие***（遊客不能馬上評斷其宏偉）, для этого надо подойти к нему ближе.

Высота самого мемориального зала – 76 метров. Цвет главного здания – белые, ***отделанные мрамором***（大理石裝飾的）стены и покрытая синими ***изразцами***（磁磚）с голубой ***глазурью***（釉）крыша в стиле ***пагоды, увенчанная золотым наконечником***（金黃色尖頂的寶塔）, – всё это в сочетании с красными цветами на ***клумбах***（花壇）на территории мемориального комплекса ***олицетворяет***（體現）цвета тайваньского флага. Форма крыши в виде восьмиугольника связана с распространённым в Азии представлением о том, что цифра «8» символизирует удачу, ***изобилие***（豐裕）и ***процветание***（昌盛）.

Мемориальный зал возведён на ***основании***（基礎）, состоящем из трёх квадратных ***ступеней-ярусов***（階梯）. Две лестницы, ведущие к главному входу в здание, имеют по 89 ступеней. Их число символизирует возраст Чан Кайши на момент смерти.

Главные ворота называются: ***«Ворота великого централизма и совершенной справедливости»***（大中至正，已更名為自由廣場）. Огромные ***навесные двери***（拱門）***выполнены из***（由……製成）бронзы, их вес – 75 тонн, открываются они ежедневно в девять часов утра, закрываясь на ночь в пять часов вечера.

В просторном главном зале находится огромный бронзовый памятник Чан Кайши – шестнадцатиметровая бронзовая статуя Президента, позади которой на стене ***начертан***（落款）главный принцип политического учения Чан Кайши:

«Этика. Демократия. Наука». На боковых стенах можно прочесть его слова: *«Цель жизни – улучшение всеобщих жизненных условий для человечества, смысл жизни – сотворение новой жизни, с помощью которой сохраняется Вселенная»*. Потолок в зале ***расписан традиционным китайским орнаментом***（繪上中國傳統花紋裝飾）, также там изображён ***государственный герб***（國徽）страны.

У памятника ***вождю***（領袖）всегда стоит ***почётный караул***（衛兵）, который сменяется каждый час. Ежедневно тысячи туристов приходят сюда, чтобы посмотреть на ***смену караула***（衛兵交接）, которая похожа, скорее, на небольшое ***театрализованное представление***（戲劇演出）, это очень красивый, ***эффектно смотрящийся со стороны ритуал***（壯觀的交接儀式）.

Кроме центральных ворот в нижней части зала также имеются два боковых входа: ***«Ворота великой лояльности»***（大忠門）и ***«Ворота великого пиетета»***（大孝門）. Оба входа 13,8 (тринадцать и восемь десятых) метра в высоту и 19,7 метров в ширину.

На первом этаже расположен музей, в экспозиции которого представлены различные исторические экспонаты, связанные с жизнью Чан Кайши и историей Тайваня: фотографии, документы, ***личные вещи***（私人物品）и даже его автомобили. Здесь же есть кинозал, две художественные галереи, библиотека, аудио-видео центр. Можно встретиться и с самим Чан Кайши: в одном из залов ***воспроизведён***（複製）оригинал кабинета Президента с ***восковой фигурой***（蠟像）Чан Кайши, сидящего за своим рабочим столом.

С правой и левой стороны от главного здания мемориала можно увидеть два пруда. Каждый пруд ***занимает площадь***（占地面積）3 тысячи квадратных метров. Оба они являются ***элементами культурного ландшафта***（文化景觀的元素）и ***в очертании имеют неправильную форму***（不規則形狀的輪廓）. В сочетании с искусственной горой, рукотворные водопады и арки мостов создают живописный вид.

Уютные тропинки и «дорожки здоровья», «каменные садики» и пруды с плавающими в них золотыми карпами – все эти украшающие мемориал ***элементы***

ландшафтного дизайна （景觀設計的要素） отвечают китайской аскетической заповеди: «*Небо и человек образуют единство*».

Большая площадь перед мемориальным залом – ***излюбленное место прогулок*** （適合散步的好地方） не только туристов и жителей города, но и место встречи тайбэйской молодёжи: школьники, студенты, молодые люди собираются здесь целыми компаниями – они играют и поют, танцуют, готовятся к выступлениям, репетируют, катаются на роликах, занимаются спортом… Интересно понаблюдать, как проходят тренировки солдат ***роты почётного караула*** （衛兵儀隊）. Это площадь также является традиционным ***местом проведения массовых торжеств*** （大型慶典舉辦場地） и праздничных мероприятий.

В архитектурный ансамбль мемориального комплекса, ***общая площадь*** （總面積） которого составляет 250 тысяч кв. м. (квадратных метров), ***органично входят*** （計入；包含） и два практически одинаковых здания, также построенных в классическом китайском стиле, – *Национальный театр* и *Национальный концертный зал*. Они были ***торжественно открыты*** （隆重開幕） 31 октября 1987 года к 101-й годовщине со дня рождения Президента Чан Кайши. В них проходят выступления тайваньских и зарубежных артистов и музыкантов, фестивали, гастроли ***театральных трупп*** （劇團）, ***музыкальных коллективов*** （樂團） и ***симфонических оркестров*** （交響樂團） со всего мира, в том числе и из России.

Практически напротив мемориала вы видите красивое здание почти ***в «европейском» стиле*** （歐式風格）. Это ***Президентский дворец*** （總統府）, построенный по проекту японского архитектора *Мацуносукэ Морияма*. Строительство здания продолжалось с 1906 по 1919 годы. Первоначально это был дом генерал-губернатора Тайваня, так как остров с 1895 по 1945 годы был японской колонией. За это время на острове сменилось 19 генерал-губернаторов, и 11 из них жили в этом дворце.

Дворец ***сильно пострадал*** （建築嚴重受損） в годы Второй мировой войны от ***бомбардировок союзников*** （盟軍轟炸）, и только в 1947 году власти начали его

восстановление（修復工作）.

Здание Президентского дворца ***поражает своей помпезностью***（以豪華令人驚艷）. Оно построено в сочетании ***архитектурных стилей***（建築風格）***необарокко***（新巴洛克風格）и ***неоренессанс***（新文藝復興）с примесью элементов эстетики Востока. Здание насчитывает 6 этажей, а длина фасада, который смотрит на восток, в сторону восходящего солнца, составляет 130 м.

Попасть во дворец посетители могут через главный вход（遊客可以從正門進入宮殿）по ***роскошной парадной лестнице***（正面豪華的樓梯）. Внутри, ***как и подобает дворцам***（比照宮殿那般）, можно увидеть ***богато оформленные интерьеры***（正面華麗裝潢）. ***Венчает***（頂端是）здание 11-и этажная башня, которая должна была ***демонстрировать могущество и силу***（展示強盛與威力）японцев. С самого момента постройки в 1919 году башня ***была оборудована***（裝備；設備）лифтом. В своё время здание дворца ***считалось одним из самых передовых достижений***（被認為是最先進的成就之一）современной архитектуры.

С 1950 года здание стало называться *Дворец Президента Китайской Республики.*

Следующий значимый памятник политической истории и архитектуры Тайбэя – *Мемориальный комплекс Сунь Ятсена* – расположен к северу от небоскрёба «Тайбэй 101». Это ещё один образец китайской ***дворцовой архитектуры***（宮殿建築）, одновременно здесь может разместиться до трёх тысяч человек. Комплекс был построен в 1972 году и посвящён выдающемуся китайскому политику, основателю Китайской республики *Сунь Ятсену*（孫逸仙）.

Дословно（逐字地）название мемориального комплекса Сунь Ятсена переводится с китайского как *«Мемориальный Дворец Отца Государства»*（國父紀念館）. Он представляет собой большое квадратное здание, построенное в традиционном китайском стиле под традиционной китайской ***загнутой крышей***（盝頂。中國古代建築的一種屋頂樣式，頂部有四個正脊圍成為平頂，下接廡殿頂。）. Внутри установлен памятник Сунь Ятсену, в здании также располагается огромная библиотека, которая ***насчитывает***（共計）около 140 тысяч томов, а также музей, в котором собраны личные вещи *«Отца нации»*（國父）, как до сих пор называют Сунь Ятсена на Тайване, фотографии и документы. Здесь есть и прекрасная картинная галерея с достаточно богатой коллекцией произведений живописи, названная в честь великого Сунь Ятсена.

ТЕКСТ 2.

Обзорная экскурсия по городу. Храм Луншань.

城市觀光。龍山寺。

Тайвань славится большим количеством храмов: как ***буддийских*** （佛教），так и ***даосских*** （道教）. Друг от друга их отличает индивидуальное ***архитектурное оформление***（建築設計）. Одной из самых интересных и красивых достопримечательностей города Тайбэя является храм *Луншань*（龍山寺）. Можно сказать, что это одна из ***визитных карточек***（名片）города. Храм Луншань, или как его ещё называют *«Гора Дракона»*, представляет собой ***величественное***（宏偉的）и одновременно ***изящное строение***（雅致的建築）, расположенное среди улочек и мелких лавочек города.

Храм Луншань был построен во времена династии Цин, в 1738 году, ***в честь богини милосердия Гуаньинь***（為了紀念觀音娘娘）. Храм неоднократно уничтожался, но всегда восстанавливался заново. Сегодня это один из основных буддийских центров страны.

Согласно историческим данным, ***возводили***（建造）этот храм китайцы, которые проживали в континентальной части Китая. Среди местных жителей существует легенда, согласно которой в давние времена по этим землям проходил торговец. Утомлённый долгой дорогой, он присел передохнуть в ***зарослях***（茂密的樹林）бамбука. С собой у него был ***кисет***（衣帶）со ***сбором различных трав***（蒐集各種草藥）, на котором ***золотыми нитями было вышито***（金線刺繡）: «***Благовония***（香）*Гуаньинь из храма «Гора Дракона»*». Чтобы не держать кисет в руках, торговец повесил его на ветку бамбука. Немного отдохнув, старик снова отправился в путь, при этом совершенно забыв о кисете. Спустя некоторое время кисет обнаружили местные жители и решили, что это дар богини милосердия Гуаньинь. Они принесли его в город и приняли решение ***воздвигнуть***（建造）храм в честь этой богини, так как посчитали, что это им ***указание свыше***（上天指示）. Гуаньинь – богиня ***даосского пантеона***（道教眾神殿）, отвечающая за ***продолжение рода***（傳宗接代）и ***семейный очаг***（家庭興旺）, за спасение от ***горестей***（災難）и бед. Она ***почитается***（敬重）по всей Азии.

В заднем ***приделе***（後殿）храма поклоняются и другим богам даосско-буддийского пантеона, к примеру, очень почитаемой богине моря *Мацзу*（媽祖）, а также покровителю литературы и экзаменов, которого зовут *Вэньчан*（文昌）, богу войны *Гуань-Гуну* (или *Гуань Юй*)（關公；關羽）и богу-покровителю браков *Юэ-Лао*（愛神月老）, которого ещё называют *Лунный старец*（月老）.

Возможно, вас удивит такое обилие богов в одном зале, но ***это имеет историческое объяснение***（這有歷史由來）: в первые годы 20 (двадцатого) века правительство реформировало город, улицы ***перестраивались***（改造）и часть храмов ***была разрушена***（遭到破壞）, поэтому ***статуи***（雕像）богов и богинь из них перенесли в один из залов Луншаня.

За период своего существования（存在的時期）храм Луншань, или «Гора

Дракона», существенно изменился. Он несколько раз ***подвергался реставрации***（經過修復）. Во время франко-китайской войны 1884 – 1885 (восемьдесят четвёртого – восемьдесят пятого) годов храм был священным местом для китайских солдат. Также храм неоднократно переживал такие ***природные катаклизмы***（自然災害）, как землетрясения и пожары. А во время Второй мировой войны храм Луншань и вовсе ***практически полностью*** был ***уничтожен***（幾乎全毀）. Стоит отметить тот факт, что несмотря на пережитые храмом ***ожесточённые схватки и бои***（猛烈的戰鬥與戰役）, статуя богини Гуаньинь ***осталась неповреждённой***（仍完好無缺）. 8 июня 1945 года во время ***воздушного налёта***（空襲）был разрушен весь главный зал и часть правого ***крыла***（翼）, но каменное ***изваяние***（雕像） Гуаньинь оказалось ***невредимым***（毫髮無損）. Это, как считают тайваньцы, – одно из проявлений чудес храма Луншань.

В своём ***архитектурном облике***（建築外觀）храм совместил традиционность китайских четырехугольных построек с ***внутренними двориками***（庭院）– ***сыхеюанями***（四合院）– с более поздними элементами дворцовой архитектуры. Сам даосский храм состоит из трёх залов: переднего, главного и заднего, а также правого и левого крыла, и всё это соединено девяносто девятью дверями. Внутри главного здания храма ***установлено***（安置）необыкновенно красивое ***скульптурное изображение***（雕像）богини милосердия Гуаньинь.

Поражает богатое ***убранство***（擺設）: интерьер храма украшен искусной ***резьбой***（雕刻）, каменными скульптурами и ***литьём***（鑄造）. Здание храма ***декорировано***（裝飾）изображениями животных, которые ***почитаются***（尊崇）на Тайване, а ***колонны увенчаны*** (или: ***украшены***) ***разнообразными узорами***（柱上雕飾各種花紋）, особенно много изображений дракона – не зря же храм называют храмом «Горы Дракона».

Храмовые стены расписаны в ярких красках. ***Мистические***（神祕的）львы охраняют входы в храм. На крыше, покрытой ***лаковой плиткой***（上漆的磚片）разных цветов, установлены фигурки драконов и феникса; они покрыты ***мозаикой***（馬賽克）из ***фарфора***（瓷器）и цветного стекла. Это очень ***тонкая работа***（精巧

的工藝）, фигурки сделаны так искусно, что стали шедевром ***мозаичного искусства***（馬賽克藝術）Тайваня. Примечателен тот факт, что при строительстве крыши не было использовано ни одного гвоздя или металлической детали. Шестиугольная крыша оканчивается традиционными ***S-обрáзными скатами***（S 型 斜 面）. Это первый ***образчик***（例子；樣式）такой конструкции крыш для Тайваня.

Недалеко от входа внутри храма можно увидеть две бронзовые колонны и специальные ***подставки для благовоний***（香 爐）, сохранившиеся с 17 века. На них можно рассмотреть изображение человека, держащего на руках небо. Человек напоминает европейца, и это сходство неслучайно: в 17 веке остров практически полностью ***оккупировали***（占據）голландцы из ***Ост-Индской компании***（東印度公司）, поэтому нет ничего удивительного, что на изображениях того времени, помимо азиатских мотивов, можно увидеть и европейские.

В правом углу центрального зала висит двухметровый бронзовый колокол. У него есть собственное имя: ***«Утренний колокол драконьей горы»***（龍山晨鐘）, он ***был отлит***（被鑄造）несколькими мастерами из китайской провинции *Чжедзян*（浙江）***по указанию***（根據旨意）императора *Сяньфена*（咸豐）из династии Цин. Это самый большой храмовый колокол на Тайване.

Перед входом в храм сделан большой ***искусственный***（人 工 的）водопад, ***имитирующий настоящий***（仿真的）, природный. Возле него обычно собираются толпы тайваньской молодёжи и туристы.

Сегодня храм Луншань продолжает оставаться одним из наиболее ***почитаемых***（被崇敬）среди тайваньцев. Ежедневно его посещают тысячи ***верующих***（信眾）и ***паломников со всех концов***（世界各地的香客）Тайваня, а также сотни туристов из континентального (= *материкового*) Китая, других регионов Азии, Америки и Европы. Это подлинное сокровище и жемчужина ***храмовой архитектуры***（廟宇建築）.

Интересный факт: говорят, что молитва в этом храме – будь то молитва о защите от ***напастей***（傷 害）, молитва на любовь и о счастливом браке, об удаче в делах, о здоровье или о детях – ***приносит свои плоды***（結出果實）. ***Службы в храме проходят***（廟宇服務時間）в будние дни с 17 до 20 часов. Туристы вместе с ***прихожанами***（施主）могут насладиться ***завораживающими***（迷人的）буддийскими ***напевами***（曲調）. Особенно торжественные богослужения проходят в феврале, когда по лунному календарю наступает день рождения главной богини храма Гуаньинь.

Лучшее время для посещения храма – период празднования китайского традиционного Нового года и ***приходящийся*** на（正碰上）него Праздник фонарей. В это время местные почитатели богини Гуаньинь приносят в храм множество ярких бумажных фонариков.

Всё это делает храм Луншань уникальным в своём роде памятником архитектуры. Он ***был внесён в список исторически значимых культурных объектов***（被列為具歷史意義的重要文物之一）Тайваня.

Выйдя из храма и повернув налево, вы окажетесь на маленькой улочке *Чинцао*, «*улице траволечения*»（青草巷）. ***Помолившись***（祈禱）в храме, ***горожане***（市民）заходят в лавочки, расположенные на этой улочке, чтобы купить средства народной медицины, перекусить в ресторанчиках или в небольших лавках. Здесь можно выпить чашку ***тонизирующего травяного чая***（滋補的青草茶）и съесть миску китайской лапши, окончательно ***проникнувшись ориентальным духом***（沉浸於東方的氛圍）, почувствовать себя местным жителем. Луншань – не только достопримечательность Тайбэя, но и место, где пересекаются китайская ***религиозная мистика***（宗教玄妙）и история Тайваня.

ТЕКСТ 3.

Обзорная экскурсия по городу. Ночные рынки Тайбэя.

城市觀光。臺北夜市。

Если вы любите ***экзотику***（ 異 地 風 味 ）, то, говоря о местах, которые обязательно надо посетить, нельзя не упомянуть о ночных рынках. Дело в том, что специфика жизни населения Тайваня, создавшая острову репутацию «Азиатского экономического чуда», долгое время делала невозможным такое понятие, как «развлечение» в европейском восприятии этого слова: до недавнего времени тайваньцы не знали, что такое отпуск. Да и сейчас для многих из них привычные россиянам отпуска́ заменяют государственные праздники. А какие могут быть развлечения у народа, который ***трудится***（勞動）***изо дня в день***（每一天）, отводя на отдых лишь короткие вечерние часы? Ночные рынки – как раз то самое место, где с давних пор большинство тайваньцев предпочитает проводить вечера после тяжёлого рабочего дня.

Эти рынки во многом отличаются от подобных мест в других странах. Наверное, самое главное отличие в том, что люди приходят сюда не столько для того чтобы что-нибудь купить, сколько для того чтобы просто поужинать и отдохнуть. Примерно треть любого рынка ***отведена***（撥給；劃出）для приготовления и потребления различных блюд традиционной кухни. Существуют даже ночные рынки, целиком занятые всевозможными маленькими кафе и просто расставленными около ***передвижной тележки-кухни***（移動餐車）***складными столиками и стульчиками***（摺疊桌椅）. А какие здесь ароматы!

Что же ещё можно увидеть на ночных рынках Тайбэя и других городов, кроме многочисленных «кафе»? Значительная часть каждого рынка занята несложными аттракционами. Хотя ***азартные игры***（賭博）на Тайване запрещены, на ночных рынках часто можно увидеть их простейшие варианты, например игру ***в кости***（擲骰子）на сосиску. Правила этой игры очень просты: вы оплачиваете «хозяину» (он же, как правило, и повар) стоимость одной сосиски и после этого ***по очереди***（依序）бросаете два кубика с делениями на гранях. Если вы выиграли, «хозяин» даёт вам вторую сосиску бесплатно, если вы проиграли, то остаётесь голодным.

Кроме того, очень популярна игра «*рыболов*»（撈魚）: вы платите «хозяину» небольшие деньги, а взамен получаете сделанный из очень тонкой папиросной бумаги ***сачок***（捕魚網）. До тех пор, пока сачок не порвался, вы можете пытаться вычерпывать рыбок из небольшого ***тазика***（小盆）. ***Улов***（捕魚量）каждый может забрать домой для пополнения своего аквариума.

Ну, раз уж мы ***затронули***（提及）«природную» тему, то не могу ***не рассказать***（不得不說到）о «зоопарках в клетках», которые также можно увидеть на некоторых ночных рынках. Многообразие продаваемых там животных может удивить любого иностранца: это различные виды попугаев, вороны и совы, ***ящерицы***（蜥蜴）и черепахи, белки и ***сурки***（土撥鼠）, змеи и кролики. Часто можно увидеть небольших собачек и щенят, кошек и котят, которые привлекают к себе особенно много детей. Надо сказать, что такие животные стоят совсем недёшево, но покупатели для них находятся всегда.

Хочется отметить, что продавцы на ночных рынках абсолютно ***ненавязчивы***（不死纏爛打的）, здесь никто не будет ***хватать вас за руки***（抓住你的手）или уговаривать（說服）купить какой-либо товар. Если вы ***заинтересовались***（對……有興趣）чем-либо, то продавец будет терпеливо ждать вашего вопроса и немедленно ***придёт вам на помощь с советом***（走向你給予建議）. О ночных рынках можно рассказывать долго, но гораздо лучше ***увидеть их своими глазами***（親眼看看）. Так что если вы оказались в Тайбэе или каком-нибудь другом городе Тайваня, обязательно посетите ночной рынок.

В Тайбэе самый крупный и самый известный ночной рынок – *Шилинь*（士林）. Добраться до него очень просто: на метро по «красной» линии до станции с тем же названием – «*Шилинь*»（士林）или до станции «*Цзяньтань*»（劍潭）. Это самое популярное у тайбэйцев и гостей города место, где вы сможете ***проникнуться духом***（深刻體驗到某種氛圍）ночной жизни города, потолкаться среди многочисленных посетителей, купить оригинальные сувениры или вещи, овощи, фрукты или ***дары моря***（海鮮）, попробовать недорогие и самые разнообразные блюда на любой вкус.

Также у жителей Тайбэя и иностранных туристов большой популярностью пользуется рынок *Хуаси*（華西）, иногда также известный как «*Аллея змей*». Этот рынок ***славится***（以……著名）тем, что там в некоторых ресторанах можно попробовать вкусно приготовленное экзотическое блюдо из змей, причём приготовить его могут прямо при покупателе, или продегустировать змеиную настойку на спирту («змеиное вино»), также можно купить ***лекарства на основе змеиной крови***（以蛇血為基底製成的藥）и другие ***средства традиционной китайской народной медицины***（傳統中藥方）.

Замыкает тройку（連接三條街）в нашем «хит-параде» ночных рынков ночной рынок *Раохе*（饒河）, расположенный в центре города. Он считается старейшим ночным рынком Тайбэя и также славится своими уличными деликатесами. А перед входом вы увидите красивый храм.

На рынке можно увидеть много интересного, например, столик предсказателя с птичками в клетках, который ***гадает по руке***（手相占卜）, или аттракцион, где нужно дротиком протыкать воздушные шарики. Молодёжи нравятся такие уличные ***тиры***（靶場）, в которых ещё можно, например, ***метать шары***（丟球）или сбивать бутылки монетками.

И ***в завершение упомянем***（最後提到）также и о ночном рынке в Дадаочэне, традиционном районе старого Тайбэя. Около храма *Цишен*（慈聖宮）расположились лотки, где обязательно нужно попробовать традиционные ***тайваньские паровые булочки с таро***（芋粿巧）, тайваньское ***ферментированное красное мясо***（紅糟肉）и лечебный ***суп из четырёх трав***（四神湯）.

Не упустите возможность окунуться в жизнь（不要錯過一生中體驗的機會）ночных рынков Тайбэя и Тайваня!

ТЕКСТ 4.

Обзорная экскурсия по городу. Северное побережье округа Тайбэй.

城市觀光。北海岸。

Название нашей столицы, которое иногда «неофициально» переводят как «*Северная башня*», уже говорит о том, что город расположен в северной части Тайваня. Здесь побережье острова ограничено с одной стороны рекой *Даньшуй*（淡水河）и *Тайваньским* ***проливом***（海峽）, а с другой – глубокими водами гавани *Цзилун*（基 隆 港）, открытой ветрам Тихого океана. Это край дикой природы и ***первобытных базальтовых***（原始的玄武岩）гор.

Особенностью рельефа северной и восточной части Тайваня является то, что ровная часть берега очень узкая и горы начинаются сразу же за ***полосой прибоя***（拍岸浪帶）. Кажется, будто они растут прямо из воды.

Впрочем, так оно и есть. Геологические процессы, происходящие в глубине ***земной коры***（地殼）, заставляют тихоокеанский берег Тайваня подниматься. Кое-где суша «вырастает» на два сантиметра в год. Такая скрытая от глаз ***тектоническая активность***（構造活動）объясняет частые в этих краях ***сейсмические толчки***（地震沖擊）. К востоку от Тайваня как бы трутся друг о друга две ***тектонические платформы***（板塊）– евразийская и тихоокеанская. Именно здесь, ***в месте их соприкосновения***（交接帶）, прорывается невероятная энергия ***земных недр***（地核）. ***Рельеф***（地形）этих районов ***причудлив***（奇異的）, разнообразен и часто ***потрясает воображение***（激發想像力）.

По узкой полоске между океаном и высокогорьем ***вьётся***（攀登）прибрежное шоссе, вдоль побережья также проходит и линия железной дороги.

Кажется, вся жизнь ***рыбацких посёлков***（漁村）, ***разбросанных по побережью***（散布在沿岸）, ***сосредоточена***（聚集）на набережных. Там вернувшиеся после морского ***промысла шхуны***（出船捕魚）***распродают***（賣光）свой ***улов***（捕獲）. А ещё в этих посёлках есть небольшие простенькие ресторанчики с богатейшим рыбным меню и продуктовые лавки, где та же рыба ***продаётся***（賣）и «***живьём***»（活的）, и ***в консервированном виде***（罐頭）. В таких ресторанчиках вам предложат на выбор множество вкусных блюд и самый широкий выбор ***морепродуктов***（海鮮）: различные сорта и виды ***мидий***（淡菜）, ***креветок***（蝦）, крабов, ***устриц***（牡蠣）, ***трепангов***（海參）, ***морских огурцов***（海參）, ***лобстеров***（龍蝦）, ***морских гребешков***（扇貝）и других ***диковинных обитателей моря***（稀奇的海洋生物）.

Но самое сильное впечатление производит всё-таки ***природный ландшафт***（自然景觀）. Как я уже говорил(а), берег Тайваня медленно поднимается, поэтому на берегу у воды возникают плоские каменные участки, которые раньше были дном океана. После того, как над ними в течение долгих веков поработали солёные волны и ветер, они покрылись целой галереей каменных «***изваяний***»（雕像）. Увидишь эти удивительные фигуры – и поймёшь, что природа – самый искусный скульптор!

Некоторые каменные платформы кажутся застывшей ***вулканической магмой***

（火山岩漿）. Иногда её под разными углами пересекают почти правильные линии – это ***прорези*** （狹縫）, оставленные геологическими ***смещениями пород*** （岩石位移）. Здесь можно увидеть камни самых необычных ***очертаний*** （輪廓）, иногда эти глыбы кажутся изваяниями духов, которым природа поручила хранить уникальный пустынный, можно сказать, лунный пейзаж этих мест.

В десяти километрах к северу от порта Цзилун, на небольшом ровном участке суши много лет назад выросла рыбацкая деревушка с поэтическим названием *Елио* （野柳）, что в переводе с китайского означает «*Дикая ива*». Ив здесь давным-давно нет, зато какие вокруг скалы, какое фантастическое побережье!

Именно здесь матушка-природа на небольшом скалистом ***уступе*** （臺階） ***выставила напоказ*** （展示） свои ***нерукотворные произведения*** （非人工的作品）: удивительные и причудливые по форме камни-фигуры, ***выплески лавы*** （岩漿噴濺）, ***принявшей причудливую форм***у （造就古怪的形狀）. Здесь же можно увидеть уникальные «заросли» камня-песчаника, над которыми старательно поработали ветер и вода. Вот «***Принцесса Нефертити***» （女王頭）, рядом с ней на ***каменном выступе*** （石頭高地） «***Туфелька Золушки***» （仙女鞋）. Справа видно ***туловище*** （軀幹） слона, ***плещущегося*** （飛濺） в морских волнах. Там из воды выглядывает ***морское чудовище*** （海怪）, ***уставившее в небо незрячие глаза*** （瞎眼盯著天空）, а на берегу гигантская ***кладка*** （石堆） его ***окаменелых яиц*** （石化蛋）.

Если продолжить путешествие вверх по каменным ступеням и пройти сквозь заросли кустарников, то можно подняться на вершину невысокой горы. Здесь в беседке, рядом с небольшим морским маяком, можно до вечера любоваться ***безбрежным простором*** （無邊無際的遼闊） чуть зеленоватого океана и дышать свежим ***морским бризом*** （海風）. Можно никуда не спешить, ни о чём не думать, просто ***предаваться*** （醉心於） спокойному счастью этих минут.

Итоговое задание. ***Подготовьте небольшое сообщение на одну из следующих тем:***
總結練習。請以下列主題之一，準備敘述小短文。

1. Повседневная жизнь Тайбэя: специфика и особенности жизни столицы Тайваня.
2. Основные проблемы тайваньских мегаполисов и способы их решения.
3. Интересные факты о географии Тайваня.
4. Тайваньские столицы: историческая и современная – Тайнань и Тайбэй.
5. Регионы Тайваня.
6. Острова Тайваня.
7. Курорты и Национальные парки Тайваня.
8. Особенности природных условий Тайваня (климат, растительный и животный мир, полезные ископаемые, стихийные бедствия)
9. Достопримечательности моего района (Тайбэй, Новый Тайбэй). Что интересного есть в районе, где я живу.
10. Достопримечательности моего родного города на Тайване.

Текст для дополнительного чтения и самоподготовки

補充閱讀與自學文章

Текст экскурсовода № 2. Пешеходная экскурсия по району Дадаочэн.

為觀光導遊準備的文章 No. 2. 大稻埕徒步之旅。

*Сейчас **мы отправимся на небольшую пешеходную прогулку** （我們散個步） по одному из старейших районов Тайбэя – Дадаочэн. Во время нашей экскурсии мы также **совершим** небольшое **путешествие** （旅行） **во времени** （同時） и немного поговорим об истории города. Давайте пройдём вперёд, а по дороге я вам буду рассказывать. Пожалуйста, не отставайте!*

*С середины девятнадцатого века на Тайване интенсивно **развивается торговля и промышленность** （發展貿易和工業）. Тайваньские порты **были открыты для*** *__внешней торговли__*（對外貿易開放）*. В районе Дадаочэн, где когда-то был порт, перегружали главный* ***экспортный товар***（商品出口）*того времени – чай. По мере развития торговли, Дадаочэн* ***стал самым процветающим районом***（成為最繁華的地區）в Тайбэе.

Перед вами（在你們面前）*[находится] одна из достопримечательностей – храм Чэн Хуан*（城隍廟）*. Существует* ***распространённое поверье***（普及信仰）*, что если ты хочешь поскорее* ***удачно выйти замуж***（成功出嫁）*, то тебе надо помолиться в храме о замужестве, и тогда твои шансы добиться успеха значительно увеличатся:* ***Высшие силы***（最崇高的力量）*помогут тебе* ***найти свою вторую половин(к)у***（尋找第二春）*.*

Чэн Хуан – это бог, который управляет бесплотными духами, он наказывает негодяев и охраняет страну. Этот бог – ***один из самых почитаемых***（最受崇敬之一）*в китайской культуре, в том числе и на Тайване. Он считается* ***богом-защитником***（守護神）*, в сферу ответственности которого изначально входили* ***городские стены***（城牆）*и* ***оборонительные рвы***（護城河）*. «Специализация» бога постоянно расширялась и с течением времени* ***стала включать***（包括）*вопросы управления городом, защиту от стихийных бедствий,* ***семейную жизнь***（家庭生活）*и* ***удачную карьеру***（事業順遂）*.*

История тайбэйского храма «бога города» начинается в пятидесятые годы девятнадцатого века. Он, как и многие другие местные храмы, был построен ***выходцами***（移民）*из округа Тонги, китайской провинции Фуцзянь в 1859 году.*

Большую известность получил ***храмовый праздник***（廟會）*, отмечаемый на тринадцатый день пятого лунного месяца. Из храма выносят скульптуру* ***божества***（神靈）*. Вместе со скульптурой Чэн-хуана из храма выносят и его «****свиту****»*（隨從）*– большие* ***деревянные куклы***（木製雛像）*, изображающие генералов. В самом начале праздника скульптуру Чэн Хуана проносят над* ***священной жаровней***（聖火爐）*: каждый ритуальный объект, в том числе и приношения, должны пройти через этот условный* ***портал***（正門）*. Затем её проносят по центральным улицам города.*

Сам по себе праздник очень весёлый, в ***праздничной процессии*** （在節慶的遊行中） *участвуют музыканты, а жители шумно и радостно приветствуют участников* ***праздничного шествия*** （節日遊行）. *Шум призван* ***отгонять злых духов*** （驅除惡魔）. ***Во главе процессии*** （帶領遊行） *идут молодые люди с* ***разрисованными лицами*** （彩妝塗臉） *и древним оружием, изображая* ***чиновников*** （官員） *прошлого. Тайбэй был одним из тех городов, где* ***культ городского бога*** （城神崇拜） *стал объединяющей идеей,* ***точкой соприкосновения*** （聯繫點） *официальной и народной религии. Качества,* ***приписываемые*** （歸因於） *тайванцами богу Чэн Хуану, отражали* ***представления об идеальном гражданине*** （關於理想公民的概念） *– верном, честном, простом, послушном, добросовестном.*

Если же вы, находясь в храме, захотите помолиться на удачный брак, то ***произносить молитву*** （祈求） *надо перед фигурой Лунного старца. Это* ***своеобразный аналог*** （特殊的類似物） *древнеримского бога любви Амура. Перед началом молитвы нужно приготовить ритуальные деньги,* ***ароматические палочки*** （香） *и благовония. А если вы пришли в этот храм впервые, то должны* ***предварительно приготовить*** （預先準備） *следующие вещи: свинцовый провод – в китайском языке словосочетание «свинцовый провод» созвучно выражению «создание брачных уз», – а также красную нить, которая помогает нам закрепить нашу связь со своей второй половиной, и ещё – свадебные конфеты. Когда мы молимся, сначала нам надо представиться и попросить помощи у Бога. После молитвы нужно взять красную нить и нарисовать в воздухе* ***воображаемый круг*** （想像的圓圈）, *или кольцо, по часовой стрелке и обязательно сохранить эту нить.*

Пройдём немножечко вперёд. Совсем недалеко от храма находятся знаменитые магазины тканей и рынок Юнлэ （永樂）. *Он был открыт в 1908 году. Вначале это был рынок, где продавали продукты. Благодаря кораблям, на которых перевозили ткани (например хлопок, лён, шёлк и т.д.),* ***со временем*** （隨著時間的流逝） *он* ***превратился в*** （變成） *крупнейший в Северном Тайване* ***оптовый и розничный центр по продаже*** （批發零售銷售中心） *тканей. Сегодня вы можете купить здесь самые разнообразные ткани.*

Обратите, пожалуйста, внимание на фасады домов. У каждого дома своё «лицо», свой архитектурный стиль. Есть небольшие одно-двухэтажные дома в традиционном тайваньском стиле, есть здания в европейском стиле, например, с элементами ***барокко, классицизма*** （巴洛克古典主義）*и даже* ***модерна*** （現代）. *Обратите внимание на этот* ***великолепный образец тайбэйской архитектуры*** （臺北建築的宏偉例子）*! Этот изящный дом с* ***пилястрами*** （壁柱） *принадлежал купцу Е Цзиньту*（葉金塗）, *приехавшему в Тайбэй и поселившемуся в этом районе в начале двадцатого века с целью* ***заняться бизнесом*** （做生意）. *Здание было построено в 1927 году, оно* ***было уникальным для своего времени*** （那個時代獨特的）*строением* ***в стиле*** （在風格上） *барокко.*

На ***фронтоне*** （建築前面的牆） *здания вы можете увидеть китайский иероглиф «тай»* （ 泰 ）, *который символизирует название магазина «Цзинь Тай Хэн». А если вы внимательно* ***присмотритесь*** （看一看）, *то ниже увидите* ***барельеф с изображением*** （造型浮雕） *ананаса. Догадайтесь, чем занимался этот торговец, какой у него был бизнес? Правильно, он торговал и* ***разбогател*** （變得富有）, *продавая ананасы. В то время богатые бизнесмены любили* ***украшать свои дома*** （裝飾自己的房子） *разными барельефами с изображением товара, которым они торговали, чтобы их бизнес был успешным. Если вы внимательно посмотрите на другие здания, то на многих из них вы ещё увидите самые разные барельефы и* ***различные элементы декоративной отделки фасада*** （外牆裝飾的各種元素）. *А это – одно из самых красивых исторических зданий этого района и старого Тайбэя.*

Сейчас мы выходим на самую оживлённую улицу в Дадаочэн. Старинная улица Дихуа – одна из наиболее сохранившихся исторических улиц Тайбэя. В последние десятилетия правления династии Цин улица Дихуа стала центром торгового района Дадаочэн.

Как я уже говорил(а), раньше здесь был порт, который ***играл важную роль в международной торговле*** （在國際貿易上扮演重要角色）. *На улице Дихуа размещались склады, где хранились доставляемые сюда по морю и реке Даньшуй разнообразные* *товары и продукты: чай и фрукты, китайские травы и* ***сушёные грибы***（乾香菇）*, ткани и многое другое. Этими товарами торговали в многочисленных магазинчиках и лавках этого района. Здесь же продавали* ***свежевыловленную рыбу и морепродукты***（新鮮捕獲的魚和海鮮）*:* ***черную кефаль***（烏魚）*,* ***морское ушко***（鮑魚）*,* ***морской гребешок***（扇貝、干貝）*и так далее.*

Со временем многие магазины и лавки ***обанкротились и пришли в упадок***（破產或衰敗了）*. Многие домики* ***оказались в запустении, ветшали***（變得荒涼、殘舊）*и постепенно* ***разрушались от времени и непогоды***（由於時間和壞天氣而崩壞）*, но сегодня большая часть* ***реконструирована*** *и* ***восстановлена в первозданном виде***（以原始形式重建和復原）*. И сегодня это район с* ***оживлённой торговлей***（交易活絡）*, привлекающий большое количество покупателей и толпы туристов. Старые дома* ***обрели вторую жизнь***（獲得第二生命）*: их удалось сохранить, и сейчас на улице Дихуа открыто много магазинов для творчества, овощных и продуктовых лавок, воссозданы и восстановлены многие дома, в которых* ***расположились художественные мастерские***（設置藝術工作坊）*, галереи, выставочные залы, книжные магазины, кафе и рестораны. Таким образом, улица* ***до сих пор***（至今）*сохраняет свою главную функцию: все ранее перечисленные товары можно и сейчас купить на этом крупнейшем в Тайбэе рынке по продаже лекарственных трав, средств китайской народной медицины, сушёных грибов, тканей.*

Сегодня здесь мы ***своими глазами можем увидеть***（能夠親眼目睹）*интересное сочетание традиций с* ***инновациями***（創新）*. Неудивительно, что в этом историческом районе города так оживлённо.*

...Наша прогулка постепенно подходит к концу. Я ещё раз отмечу, что здесь мы являемся свидетелями того, как мир старого Тайбэя ***контрастирует***（對比）*с современностью, с* ***новой модой, новыми тенденциями и веяниями***（新時尚，走向和趨勢）*.* ***В своё время***（在適當的時候）*открытие портов в разных районах Тайбэя и Тайваня* ***способствовало притоку***（促成大量湧入）*разных культур в Дадаочэн, и это превратило его в район с уникальным характером и неповторимым сочетанием*

различных культур и традиций.

На этом наш рассказ о районе Дадаочэн ***подошёл к концу*** （接近尾聲）. ***Здесь мы сейчас с вами расстаёмся*** （我們在此與你們告別）. *У вас ещё есть свободное время, чтобы самостоятельно погулять по улочкам этого района, пройтись по улице Дихуа, заглянуть в магазинчики и лавочки, зайти в кафе или ресторан, посмотреть выставки художников и* ***народных умельцев*** （民間工匠）. *Если у вас ещё остались вопросы – пожалуйста, задавайте. Благодарю за внимание!*

УРОК 6

ТАЙВАНЬСКИЕ СУВЕНИРЫ

臺灣的紀念品

Приезжая в любой уголок земного шара, посещая какую-либо экзотическую страну, знакомясь с новым городом, туристы как правило хотят приобрести что-нибудь на память: традиционный местный сувенир, ***безделушку***（小飾品）или просто ***что-то оригинальное***（原創性的東西）.

Если говорить о Тайване, то, наверное, самым распространённым и популярным сувениром и подарком, купленным здесь, будет что-нибудь вкусное. Ничего удивительного: тайваньцы не просто очень любят вкусно поесть, но и придумывают всякие оригинальные блюда. Это не только обычные блюда, но и невероятное количество всевозможных сладостей – разнообразные виды десертов: пирожные и торты, конфеты, печенье и различные виды ***выпечки***（烘培產品） из теста, риса и т.п. Причём каждый регион, каждый город известен своими особыми ***кулинарными изысками***（美食）…

Безусловно, Тайвань славится своим чаем: ***на прилавках магазинов***（在商店貨架上）, в чайных лавках, на рынках можно найти множество сортов чая: разные виды зелёного (обычный зелёный чай, чай с жасмином, цветочный чай, высокогорный чай) и чёрного чая (примечательно, что чёрный чай по-китайски будет «*красный*»), а также бирюзовый чай, или ***улун***（烏龍）. Вы можете купить сортá чая, выращенного на ***высокогорных плантациях***（高山栽培園） в разных регионах Тайваня. Так что Тайвань – настоящий рай для любителей чая. Можно попробовать и приобрести такие диковинные сорта чая, как ***тегуаньинь***（鐵觀音） – один из видов чая улун, занимающий промежуточное положение между зелёным и чёрным чаем, или, например, ***пуэр***（普洱） – это постферментированный, спрессованный в виде лепёшки чай, обладающий очень необычным специфическим вкусом… Купить этот, пожалуй, самый известный тайваньский сувенир – чай – можно и в упаковке (как в обычной, «рыночной», так и ***подарочной***（禮品的）: специально красиво оформленные сувенирные «***чайные наборы***»（茶具））, и ***на развес***（按重量計算）.

Восточная кухня хорошо известна своими специями и пряностями. Многие привозят в качестве сувенира приправы: порошки, оригинальные соусы (в первую очередь, разные виды соевого соуса), ароматные смеси, а также сухие китайские бульоны, различные виды местной лапши, сушёное мясо, ***диковинные***（稀有的） грибы, наборы для приготовления супов, тростниковый и кокосовый сахар и т.п.

Оригинальным подарком могут быть разнообразные сухофрукты, в том числе и экзотические, которые здесь можно купить на любом рынке.

Из ***алкогольной продукции***（含酒精的產品） можно посоветовать попробовать традиционный местный крепкий алкогольный напиток «***Гаолян***»（高粱）, производимый из одноимённого сорта ***злаковых трав***（禾本科植物）. Он бывает двух видов – 38° и 58° [градусов]. Изготавливают его в основном на острове Цзиньмэнь, расположенном совсем рядом с материковым Китаем, и на острове Мацзу. Именно «Гаолян» с острова Цзиньмэнь считается лучшим на Тайване. Также можно приобрести и местный тайваньский виски ***марки***（品牌）«*Кавалан*»（噶瑪蘭）, производимый в ***уезде***（縣）*Илань*. Исторически *кавалан* – это ***этническая группа коренного населения***（原住民族群）, проживающая в этом регионе Тайваня.

Всемирную известность приобрёл Тайвань и благодаря производимой здесь электронике, а такие марки, как «*HTC*», «*ASUS*», «*Acer*» являются одними из самых популярных и ***конкурентоспособных брендов на мировом рынке***（在世界的市場上具有競爭力的品牌）. В торговых центрах и на рынке электроники *Гуан Хуа Диджитал Плаза*（光華數位新天地）вы найдёте огромный выбор самой современной ***компьютерной техники***（電腦設備）и мобильных телефонов, различных ***гаджетов***（小工具）, ***аудио-видео техники и электроники***（音頻、視頻設備和電子產品）.

Если говорить о других вариантах сувениров, то, помимо ставших популярными ***магнитиков на холодильник***（冰箱磁鐵）, большим спросом у туристов на Тайване пользуются традиционные для китайской культуры ***предметы культа***（信仰崇拜的物品）: статуэтки Будды, буддийских божеств – богов китайского ***пантеона***（萬神殿）, фигурки драконов и львов. Обратите внимание, что такие фигурки (например драконов, львов и других ***мифических существ***（神話中的生物））в китайской культуре принято покупать парой.

Особо популярным и оригинальным сувениром с Тайваня считаются нефритовые статуэтки, фигурки животных, чаши, рюмки, тарелки, а также украшения: ***серьги***（耳環）, ***кулоны***（吊墜）, ***бусы***（珠子）, ***кольца***（戒指）, ***перстни***（戒指）, ***подвески***（吊墜）, ***броши***（胸針）, ***браслеты***（手鍊）, разнообразные ***амулеты***

（護身符）и ***талисманы фэншуй***（風水吉祥物）.

Нефрит（玉）– особо почитаемый на Тайване камень, его часто называют «камнем жизни». В китайской культуре нефрит традиционно символизирует красоту, благородство, честность, мужество, совершенство, долголетие, а также власть. «*Его мораль чиста, как нефрит*», – говорил китайский философ Конфуций о хорошем человеке, а старинная китайская пословица ***гласит***（寓意）: «*Золото имеет цену, нефрит же бесценен*». ***Изделия ручной работы***（手工製品）из нефрита всегда считались одними из самых драгоценных. Люди не только носили их в качестве украшений, но также украшали ими свои жилища, как ***дань утончённости***（向精緻致敬）, красоте и вечности.

Нефрит – очень ***прочный***（耐用的）камень: если по нему ударить чем-нибудь твёрдым, то с ним ничего не случится. Это один из способов, как можно отличить ***подделку***（偽製品）от ***подлинного***（真正的）нефрита. Также, например, можно несколько раз постучать по предмету из нефрита деревянной палочкой – ***раздастся мелодичный звук***（會傳出一個旋律的聲音）. Можно попытаться поцарапать иголкой камень: если нефрит настоящий, то на нём не останется никаких ***царапин***（刮痕）.

Хорошим сувениром и подарком будут и другие изделия ручной работы: ***вышивки***（刺繡）, в том числе из шёлка, ***вырезки (узоры) из бумаги***（剪紙）,

гравюры（版畫）, ***кожаные выделки***（皮雕製品）, ***резьба по камню и дереву***（石頭和木頭的雕刻品）, ***керамика***（陶瓷器）и т.д.

Среди сувениров мы уже упомянули талисманы. Назовём ещё один из самых распространённых в китайской культуре – ***тыква-горлянка***（葫蘆）: традиционно считается, что этот талисман, изготовленный из дерева или керамики, ***поглощает отрицательную энергию***（吸收負能量）, избавляет от болезней и неприятностей, дарует（賦予）своему владельцу здоровье и долголетие.

Большим спросом у туристов и гостей Тайваня пользуются и другие талисманы-символы фэншуй, которые, ***по поверьям***（根據信仰）, помогают привлечь удачу, достаток, обрести благополучие в семье и гармонию с окружающим миром. Например, монетки, перевязанные между собой красными верёвочками, которые соединяются узлами, обязательно притянут деньги. А вот ***денежное дерево***（招財樹）, ***увешанное монетками***（掛著硬幣）, принесёт своему владельцу ***нескончаемое богатство***（無窮無盡的財富）. Фигурка лягушки с монеткой во рту «притягивает» в дом деньги, кошка с поднятой вверх лапкой будет ***оберегать жилище***（保護家園）своего хозяина ***от сглаза***（遠離詛咒等惡事）, а фигурка Будды будет привлекать удачу и оберегать здоровье. Можно привезти в подарок уже ставший популярным в России и встречающийся во многих российских домах талисман фэншуй в виде стеклянных или металлических палочек, висящих на верёвочках – «Музыка ветра». При ***дуновении ветра***（風的吹動）они издают мелодичный звон, который не только ***услаждает*** ваш ***слух***（悅耳）, но и «работает» как ***оберег***（護身符）от злых духов.

К популярному традиционному ***ручному искусству***（手工藝術）относится ***китайская каллиграфия***（中國書法）– красиво выполненные надписи традиционными китайскими иероглифами. Китайская каллиграфия – одна из распространённых и популярных форм искусства, а ***каллиграфы***（書法家）– весьма уважаемые люди. Существует несколько стилей письма: ***чжуаньшу***（篆書）, ***лишу***（隸書）, ***синшу***（行書）, ***цаошу***（草書）и ***кайшу***（楷書）. У каждого есть свои особенности, ***техника исполнения***（書寫技巧）, функции и ***предназначение***（使

命 ）. Искусство красивого написания иероглифов в китайском языке называется «***шуфа***»（書法）, что ***в переводе означает***（在翻譯中意味著）«*способ, норма письма*». Можно купить как уже готовые шедевры местных художников-каллиграфов, так и специальные наборы ***принадлежностей для письма***（書寫器具）, куда входят бумага для каллиграфии, ***тушь (чернила)***（墨）, ***набор кистей*** и ***тушечница***（全套毛筆與硯台）.

Прекрасным подарком для любителей ***изящного искусства***（精緻藝術） также станут произведения живописи, выполненные в традиционном для китайской культуры стиле. Китайская живопись – также один из древнейших видов искусства. В традиционной китайской живописи можно выделить две главные техники:

1. «***Тщательная кисть***»（工筆）(или же «***прилежная кисть***»), так называемая «живопись интеллектуалов», или ***гун-би***.
2. от руки, или ***шуй-мо*** («*шуй*» – значит 'вода', а «*мо*» – 'чернила')（水墨）, здесь для ***нанесения водной краски***（水性塗料的應用） или чернил использовалась кисть.

В магазинах и на рынках Тайваня вы всегда найдёте огромный выбор посуды и тканей, в том числе в традиционном национальном стиле, а также ***в стиле*** （風格） различных ***аборигенских племён***（原住民部落）.

Традиционно огромным спросом пользуется фарфор. Глаза разбегаются от широты ассортимента, форм и красок различных изделий из фарфора: посуды, шкатулок и статуэток, панно и ***настенных декоративных тарелок*** （壁掛裝飾盤）, ваз и ***кувшинов*** （水壺）, ***чайных*** и ***кофейных сервизов*** （茶杯與咖啡杯組）. Нельзя не упомянуть и об изделиях из керамики. ***Негласной столицей*** （鮮為人知的主要城市 ） фарфора и керамики считается небольшой пригородный городок Тайбэя *Ингэ* （鶯歌）. Здесь вы можете посетить музей керамики, а потом пройтись по городку и посетить множество магазинов и лавочек с керамической и фарфоровой продукцией. ***В зависимости от вашего вкуса и толщины кошелька*** （依據您的品味與財力） вы можете приобрести и ***увезти на память*** （運走當紀念） красочные керамические тарелки, вазы, чашки, пиалочки для чая, чайники, ***наборы посуды для чайной церемонии*** （茶道的套具）. Многие изделия украшены ***декоративной росписью*** （裝飾繪畫） и ***покрыты глазурью*** （上釉）. ***Узоры*** （紋飾） и ***орнамент*** （裝飾） ***выполнены*** （完成，製作） как ***в традиционной китайской технике*** （傳統中國技術), так и по мотивам местных тайваньских племён аборигенов .

Прекрасным дорогим и оригинальным подарком будет китайский шёлк и различные изделия из него: бельё, подушки, ***покрывала*** （床罩）, одеяла, галстуки, платки и ***палантины*** （披肩）, национальные халаты – ***ципао*** （旗袍） – и даже картины. Очень часто на таких изделиях – ***вышивка с изображением*** （帶有圖飾的刺繡） традиционных для китайской культуры пейзажей, драконов, иероглифов.

Неотъемлемой частью культуры Тайваня является традиционная китайская медицина. ***Лекарственные средства*** （醫藥產品）, применяемые в ней, играют очень важную роль в образе жизни тайваньцев. Основа китайской медицины – использование ***в лечебной***, ***целительской практике*** （在醫學治療實踐中） различных трав и ***снадобий*** （湯藥）. Существуют тысячи видов трав, используемых в качестве лекарственных средств, в том числе ***корень аконита*** （附子根）, ***камелия*** （茶花）,

кайенский перец （辣椒）, ***китайский огурец*** （中國黃瓜）, ***хризантема*** （菊花）, ***дурнишник***（蒼耳子）, ***семена кротона***（巴豆種子）, ***имбирь***（薑）, ***женьшень***（人參） и многие другие.

Можно ещё много и подробно говорить о том, что привезти в подарок или приобрести на память себе или своим близким. Лучше увидеть всё собственными глазами, ***прицениться***（詢問價格）, поторговаться, сделать свой выбор… Пройдитесь по магазинам и лавкам, побродите по ночным рынкам, подержите в руках изделия из камня и дерева, фарфора и шёлка, примерьте традиционную для Тайваня одежду, попробуйте разные по вкусу блюда…

…А ещё обязательно привезите из Тайваня главный яркий и завораживающий атрибут традиционной китайской культуры – ***воздушного змея*** （風箏）, фонарик из шёлка или бумаги, ***выполненный и расписанный в традиционном китайском стиле***（製造和繪製成中國傳統風格）, или же фигурки драконов.

Задание 1.

Дайте совет своим русским гостям:

請建議自己的俄國客人：

1. Что бы вы посоветовали купить на память о Тайване?
2. Какие оригинальные подарки, сувениры можно купить в Тайбэе?
3. Какие «съедобные сувениры» вы бы порекомендовали приобрести в подарок?
4. Где лучше покупать сувениры (в том числе пищевые продукты): в магазине или на рынке?
5. Какие места, где можно приобрести различные сувениры и подарки, вы можете порекомендовать?
6. Есть ли в Тайбэе фирменные магазины, где можно купить традиционные тайваньские сувениры?
7. Как отличить качественный продукт от подделки?
8. Где можно найти места (фирменные магазины, торговые центры, оптовые рынки) по продаже электроники и бытовой техники?
9. Где можно приобрести компьютеры и ***оргтехнику***（辦公設備）, мобильные телефоны (смартфоны), ***комплектующие***（組件）и ***расходные материалы***（消耗品）для компьютеров?
10. Где можно ознакомиться с ***ассортиментом тканей***（各種各樣的布料）и материалов для ***пошива одежды***（衣服剪裁）?
11. Куда можно сходить, чтобы посмотреть и купить украшения и ювелирные изделия?
12. Какие алкогольные напитки вы бы порекомендовали приобрести в качестве подарка?
13. Чего бы вы не рекомендовали покупать?

⑭ Принято ли торговаться с продавцами на рынке? Какую скидку можно при этом получить?

⑮ Даётся ли гарантия на аппаратуру (бытовую технику и электронику), приобретённую на Тайване? Дают ли гарантию на такие товары торговцы на рынках?

⑯ Можно ли в магазинах оформить документы на возврат ***НДС***（免稅）(= ***налог на добавленную стоимость***（增值稅）; ***Tax free; такс-фри***) в аэропорту?

⑰ Везде ли можно расплачиваться кредитной карточкой?

⑱ Можно ли на рынке или в крупных торговых центрах расплачиваться в иностранной валюте (американскими долларами или евро), если нет или не хватает местной валюты?

⑲ ***Обсчитывают***（故意算錯）ли покупателей в магазинах и на рынках?

⑳ Какие предметы, вещи, продукты, растения нельзя вывозить за пределы Тайваня? На какие товары, предметы искусства, продукты и т.п. существуют запреты и ограничения на вывоз при прохождении таможни, когда нужно будет улетать из Тайбэя?

Задание 2.

Составьте свой рассказ о тайваньских сувенирах, используя следующие фрагменты:

使用以下片段撰寫有關臺灣紀念品的敘事：

❶ Лучший из напитков, конечно же, чай! На Тайване стоит попробовать чай «Восточная красавица». Он обладает неповторимым вкусом и удивительным ароматом, напоминающим мёд и апельсин. Секрет уникальности его вкуса заключается в том, что чайные листья кусают цикады. Такой чай ценится очень высоко и стоит довольно дорого.

❷ Приобрести технику и электронику я рекомендую вам в ТЦ [торговом центре] *Nova* или на рынке электроники *Гуан Хуа Диджитал Плаза*. Там можно найти самый широкий ассортимент товаров ведущих тайваньских и мировых производителей: бытовую технику, самые современные компьютеры, ноутбуки, мобильные телефоны и смартфоны, расходные материалы (= *разг.* расходники) и комплектующие для компьютеров и мобильных телефонов: ***карты памяти***（記憶卡）, ***USB-флеш-накопители***（USB 隨身碟）(= *разг.* флешки; ед.ч. ***флешка***), ***внешние жёсткие диски***（外接式硬碟）, ***внешние аккумуляторы***（外接充電器）(*power bank*), ***зарядные устройства***（充電裝置）, ***материнские платы***（主機板）, видео- и звуковые карты, а также фотоаппараты, ***оптику***（光學儀器）, видеоигры и многое другое.

❸ Город *Саньи*（三義）на Тайване называют столицей резьбы по дереву. Здесь вы можете увидеть множество удивительных изделий и необычных предметов интерьера, изготовленных вручную. В Саньи продают мебель, украшения, буддийские иконы, статуэтки, шкатулки, полки и подставки, изготовленные из разных (в том числе ценных) ***пород древесины***（木種）. Во многих мастерских можно заказать оригинальный дешёвый сувенир или дорогое изделие из дерева, а заодно понаблюдать за процессом его изготовления. Мастера по дереву обычно работают с ценными породами – ***эбеновым***（烏木的）и ***сандаловым***（檀香木的）деревом, ***красным кедром***（紅木）, а также с древесиной, которую

вымачивают （浸泡） в воде несколько лет.

❹ Недорогие, небольшие по размеру и лёгкие по весу оригинальные сувениры можно приобрести на рынках и в мелких лавках. Там вы найдёте широкий ассортимент бумажных вееров разных размеров, покрытые тонкой ручной росписью, а также картины, весьма колоритные маски, изображающие различные человеческие эмоции, куклы в национальных нарядах, шерстяные и шёлковые изделия, традиционные светильники…

❺ Большой популярностью на Тайване пользуются кондитерские изделия. Одни из самых известных – ананасовые и бобовые пирожные, ***нуга*** （牛軋糖）, ***торты с лонганом*** （龍眼蛋糕）, нежное арахисовое печенье. Туристы часто увозят домой и разнообразные сухофрукты: сушёные сливы, персики, манго, ***кумкват*** （金桔）.

Как задать наводящие вопросы русским о том, что они хотят купить:
如何向俄羅斯人詢問他們想要購買物品的暗示性問題。

- Какой чай вы хотите приобрести / предпочитаете: зелёный, чёрный, улун?
- На какую сумму вы рассчитываете? *или*: Сколько вы планируете потратить на подарки / покупки?
- Какая [бытовая] техника / электроника вас интересует?
- Что вас конкретно интересует? Может вам что-нибудь подсказать?
- Вас больше интересуют [фирменные] магазины или рынки?

Модели полезных фраз: 實用的短語模式。

- За покупками я рекомендую вам пойти / сходить / отправиться в …(+ **4.**)
- Здесь / Там вы можете найти товары на любой вкус и кошелёк.

- Здесь / Там представлен широкий ассортимент изделий народных художественных промыслов // бытовой техники и электроники // ювелирных украшений // кондитерских изделий и выпечки...
- Могу порекомендовать вам приобрести в качестве сувенира традиционные изделия тайваньских мастеров.
- Не забудьте попросить, чтобы продавец оформил вам квитанцию для возврата налога при выезде с Тайваня // гарантийный талон на приобретённую бытовую технику и электронику.
- Не забудьте взять у продавца чек и сохраняйте его до конца срока гарантии / до истечения срока гарантии.
- Сохраняйте все чеки на покупку техники, ювелирных украшений, произведений искусства, чтобы предъявить их на таможне в аэропорту в случае необходимости.

ЭТО ВАЖНО! 重要須知

Если вы приобрели какие-либо товары (одежда, обувь, часы, ювелирные изделия, косметические средства, канцелярские товары, спорттовары, бытовая техника и электроника, медицинские инструменты, мебель и т.д.) в магазинах, работающих по системе *Tax free* (*такс-фри*; возврат налога, возврат НДС), при выезде с территории Тайваня вы можете вернуть часть потраченной суммы. Для этого в магазине вам должны ***оформить чек на покупку***（開立購買收據）и ***квитанцию на возврат налога***（退稅單）, а по прибытии в аэропорт необходимо подойти к сотрудникам таможни с просьбой оформить возврат налога (поставить печать на квитанцию) или найти стойку *Tax free cash refund* и ***предъявить покупки***（提出購買品）в соответствии с правилами – в оригинальной (ненарушенной) упаковке, кассовый чек, квитанцию и паспорт.

Задание 3.

Помогите сориентироваться и покажите на карте (можно использовать мобильные карты в смартфоне или на планшете):

幫助確定方向並在地圖上顯示（您可以在智能手機或平板電腦上使用移動卡）：

- Объясните, как добраться до Каменного (Нефритового) / Цветочного рынка в Тайбэе.
- Подскажите, как доехать до ночного рынка Шилинь.
- Объясните, как найти фирменный магазин традиционных тайваньских изделий *Chinese Handicraft Mart*.
- Объясните, где в Тайбэе находятся книжные магазины сети *Eslite Bookstore* и как их найти / как до них добраться / доехать.
- Расскажите, как доехать до центра фарфора и керамики – города Ингэ.

Задание 4.

Расскажите о приведённых ниже наиболее популярных у туристов местах торговли, представив основную информацию: где они находятся, какой там ассортимент товаров, уровень цен и качества, как туда добраться. Предложите свои варианты. В общем, помогите сориентироваться своим гостям, которые хотят отправиться за покупками по магазинам:

提供基本資訊，並請敘述最受遊客歡迎的交易場所：它們在哪裡，商品的種類，價格和質量的水平，以及如何到達那裡。請提出您的選擇方案。總之，請幫助要前往商店購物的客人定位。

- Торговый центр «*Тайбэй 101 молл*» и торговые комплексы в районе *Сити холл*
- *Цветочный* рынок и *Каменный* (*Нефритовый*) рынок
- Ночной рынок *Шилинь*
- Сувенирный магазин *Chinese Handicraft Mart*
- Сеть гипермаркетов *Sogo*
- Сеть магазинов *Uniqlo*
- Центр электроники *Nova* и рынок электроники *Гуан Хуа Диджитал Плаза*
- Сеть магазинов *Eslite*

Текст для дополнительного чтения и самоподготовки

補充閱讀與自學文章

Цветочный и Каменный (Нефритовый) рынки 花市和玉市

Для любителей ходить по магазинам Тайвань – настоящий рай! Лавочки, небольшие магазинчики, рынки здесь практически на каждом шагу в любом, даже маленьком провинциальном городке.

Тайбэй, как и любая столица, конечно, – самый большой «торговый центр»: здесь есть магазины на любой вкус: от маленьких магазинов по продаже ***хозяйственных***（家庭的） и ***бытовых товаров***（日常生活的）, где можно дёшево купить всякую ***мелочёвку***（小東西） для дома (посуду, ***бытовую химию***（日常用化學品）, ***моющие и чистящие средства***（洗滌劑和清潔劑）), ***мочалки и губки***（清洗用的菜瓜布和海綿） для мытья посуды, ***инструменты*** и ***краски***（工具和油漆）,

канцелярские товары（文具用品）и многое другое), до ***роскошных***（奢侈的）гигантских многоэтажных торговых комплексов, в которых продаются ***товары ведущих мировых производителей***（世界領先製造商的產品）, здесь можно приобрести изделия известных ***торговых марок***（商標）и ***брендов***（品牌）. Поход по таким торговым центрам можно, скорее, сравнить с посещением музея, где каждый магазин – как отдельный выставочный зал определённой тематики.

Но самые «демократичные» места, где можно найти разнообразные товары по различным ценам, – это рынки. Своеобразными достопримечательностями Тайбэя являются Цветочный и Каменный (Нефритовый) рынки. Найти их несложно: они ***находятся в двух шагах***（位於兩步遠的距離）от станции «красной» линии метро «Парк Даань». Месторасположение рынков довольно оригинальное. Это одна из иллюстраций того, как экономно и весьма эффективно тайваньцы используют территорию города. Рынки расположились прямо под одной из ***автомобильных эстакад***（高架橋）, как будто бы под мостом.

Сначала вы попадаете на цветочный рынок и моментально ***чувствуете себя опьянёнными***（覺得喝醉了）ароматами самых разнообразных цветов: лилий, роз, тюльпанов, а от яркой палитры красок начинает буквально ***рябить в глазах***（眼花撩亂）: одних орхидей можно насчитать около десятка различных форм и ***расцветок***（配色）. Видов и сортов цветов, кажется, – бесчисленное множество: от знакомых всем кактусов, которые здесь тоже представлены в широком ассортименте разновидностей и ценовом диапазоне, до всяческих экзотических растений, как например, лотос и геликония.

Цветы здесь в основном продают в качестве ***рассады***（苗）для ***комнатных растений***（室內植物）или для высадки на ***приусадебных участках***（宅旁園地）; можно купить букеты цветов и цветы ***поштучно***（按個地）. В некоторых местах в продаже имеются даже целые деревья, например японский клён. Любители японского искусства *бонсай* и *икебана* также найдут здесь разнообразные их образцы.

В общем, в любое время года: и летом, и зимой – здесь всегда ***буйство красок***（繽紛的色彩） и царство ароматов! Неспешно ***пройдитесь***（四處走走） вдоль рядов (причём сначала с правой стороны – туда, а с левой – обратно).

Здесь же можно купить всё, что нужно ***для ухода***（為了照料） за комнатными и садовыми растениями: горшочки разнообразных форм, размеров и цветов, ***лейки***（澆水壺）, землю и ***грунт***（土壤）, ***семена для рассады***（幼苗的種子）, ***удобрения***（肥料）, ***садовый инвентарь***（園林器材）. В этой же части рынка продают изделия из натурального дерева: мебель, декоративные элементы, шкатулки, подставки, фигурки, скульптуры. Всё это – тонкая ручная работа ***мастеров резьбы по дереву***（木雕家）. А рядом – мастера керамики демонстрируют свой товар – изделия из глины: посуду, статуэтки, декоративные украшения. Когда берёшь такие работы в руки, чувствуешь, что у тебя перед глазами настоящее произведение искусства!

На рынке можно увидеть и приобрести не только чудеса ***флоры***（植物群）, но и представителей ***фауны***（動物群）: кто-то продаёт ***аквариумных рыбок***（水族館魚）, аквариумы, аквариумные растения, кто-то небольших собачек и котят…

На некоторых лотках предлагают традиционные в китайской культуре талисманы и украшения, предметы местных религий и культов – буддизма и даосизма, фигурки и изображения Будды.

Пройдя до конца Цветочного рынка и перейдя дорогу, вы попадаете на Каменный, или Нефритовый рынок. Если по Цветочному рынку можно гулять не один час, то на Каменном можно провести хоть целый день!

Названия рынков говорят сами за себя: на Цветочном продают цветы, а Каменный рынок – это мир камней. Если же Цветочный рынок похож на ботанический сад, то Каменный – это своеобразный ***минералогический музей***（礦物博物館） под открытым небом. В первую очередь, здесь продают настоящие природные минералы и камни: обычные, ***полудрагоценные***（半寶） и даже ***драгоценные***（貴重的）.

Самый популярный полудрагоценный камень на Тайване, один из его символов – нефрит, и официальное название рынка тоже связано с ним – Нефритовый рынок. От разнообразия и ***пестроты***（色彩繽紛）просто ***разбегаются глаза***（眼花撩亂）! Здесь можно увидеть необыкновенные по размеру, цвету и форме минералы и камни – это нефрит различных оттенков, ***яшма***（碧玉）, ***сердолик***（紅玉髓）, ***агат***（瑪瑙）, ***бирюза***（綠松石）, ***малахит***（孔雀石）, ***кварц***（石英）и многие другие. Некоторые продавцы предлагают удивительные по виду ***кораллы***（珊瑚）от жемчужно-белого до нежно- и ярко-розового цветов, встречаются и продавцы ***жемчуга***（珍珠）.

Многие тайваньцы приходят сюда, как в клуб: кто-то внимательно изучает каждый камешек через ***увеличительное стекло***（放大鏡）, кто-то обсуждает цвет, формы и качество, кто-то просто пьёт чай в компании, обсуждая самые разные темы…

На Каменном (Нефритовом) рынке вы найдёте ***ювелирные украшения***（首飾）на любой вкус: от недорогой ***бижутерии***（珠寶首飾）до настоящих шедевров ювелирного искусства. Многие продавцы предлагают ***антикварные изделия***（= *антиквариат*; 骨董）– ***предметы старины***（骨董）, включая монеты, банкноты, старые вещи и многое другое.

За прилавком торгует не просто продавец: часто это сам мастер представляет свои изделия. Для многих это уже многолетний ***семейный бизнес***（家族事業）, существующий не один десяток лет. Мастера создают оригинальные и необычные украшения. Их ассортимент самый широкий: это серьги – от миниатюрных до крупных, богато украшенные ***ожерелья***（項鍊）и ***колье***（項鍊）, ***бусы***（珠子）различной длины, ***кулоны***（吊墜）, ***амулеты***（護身符）, ***кольца***（戒指）и ***перстни***（戒指）, ***браслеты***（手鐲）, ***броши***（胸針）в виде цветов, растений и животных, а также с абстрактным, «авторским» дизайном, ***заколки для волос***（髮夾）, ***гребни***（梳子）. Изделия, выполненные из различных пород камней: нефритовые, бирюзовые, гранатовые, малахитовые, жемчужные, а также коралловые украшения на любой вкус, цвет и кошелёк ***пользуются большим спросом у покупателей***（在買家間有很大

的需求）.

Здесь же можно приобрести замечательные изделия из дерева и кожи, декорированные ценными породами камней. Например, изящные ***шкатулки***（珠寶盒）, замысловатые по виду коробочки, ***пепельницы***（菸灰缸）и многое другое. ***В изобилии***（豐富地）***представлены***（以……為代表）каменные и деревянные фигурки Будды: сидящего, лежащего, улыбающегося, молящегося… Можно выбрать и приобрести на память недорогую фигурку, например в виде статуэтки или ***брелока***（鑰匙圈）. Здесь же вы найдёте ***изваяния***（雕塑）разных китайских божеств любого размера и множество других ***культовых украшений***（宗教飾品）и предметов, связанных с религией и учением фэншуй, среди которых фигурки дракона, основная функция которого – оберегать жилище и охранять здоровье, трёхлапая денежная жаба *Чачу*（蟾蜍）с традиционной древней китайской монетой во рту, приносящая в семью и дом дополнительный денежный доход, фигурки рыбы и черепахи, также приносящих удачу, и изображения прочих животных, связанных как с фэншуй, так и с китайским гороскопом и знаками зодиака.

Отдельного внимания заслуживают мастера по изготовлению глиняных чайников. Это также один из традиционных видов ***ремесла***（工藝）. Миниатюрные чайники, украшенные оригинальной ***росписью***（彩繪）, иероглифическими надписями, ***орнаментом***（裝飾物）, ***лепниной***（泥塑的）или обычные на вид чайники из глины – это подлинные произведения искусства, и стоит каждый такой чайник, даже без всяких украшений, совсем не дёшево! На ***днище***（底部）каждого чайника вы увидите личное ***клеймо мастера***（大師的標記）– это обязательная для китайской культуры ***гарантия качества***（質量保證）от самого мастера. У туристов вызывают удивление большие и почти ***неподъёмные***（沉重的，舉不起來的）традиционные ***чугунные***（鑄鐵）чайники. Такой чайник, конечно, с Тайваня не увезёшь, но посмотреть на него ***сто́ит***（值得）!

Возвращаясь обратно и снова пройдя через Цветочный рынок, вы можете ненадолго заглянуть в третью, совсем маленькую часть рынка, которая находится как раз напротив одного из входов в парк Даань. Эту часть можно назвать «лавка художников». Здесь вы увидите ***выставленные на***（被展示出來） продажу картины местных живописцев, выполненные в традиционном китайском стиле. Также здесь можно приобрести чай, ***чайную утварь***（茶具）и ***аксессуары для чайной церемонии***（茶道配具）, различную сувенирную продукцию.

Бродить по этим рынкам можно хоть целый день, и, даже если вы ничего не купите (хотя скажу откровенно, очень трудно удержаться и не купить какую-нибудь дешёвую, но симпатичную безделушку), вы получите огромное наслаждение и незабываемые впечатления на всю жизнь!

Ключ к упражнениям:
習題解答

Урок-1

Задание 3.

1. Предъявите, пожалуйста, ваш (свой) паспорт.
2. Какова цель вашего визита на Тайвань?
3. Какой срок вашего пребывания на территории Тайваня?
4. Покажите, пожалуйста, вашу бронь гостиницы.
5. Посмотрите, пожалуйста, в камеру. Приложите пальцы к сканеру.
6. Имеются ли у вас какие-либо запрещённые к ввозу на Тайвань товары и предметы?
7. Откройте, пожалуйста, Ваш багаж / чемодан / сумку.
8. Предъявите личные вещи для досмотра.
9. Пожалуйста, следуйте за мной для составления акта досмотра багажа.
10. Извините, продукты запрещено провозить на территорию Тайваня.

Задание 7.

1. Здравствуйте, приветствуем вас на Тайване!
2. Дорогие друзья, сердечно приветствуем вас в Тайбэе!
3. Посмотрите, пожалуйста, внимательно: не забыли ли вы что-нибудь из своих вещей!
4. Проверьте, на месте ли ваши документы и деньги.
5. Как долетели? Не очень устали с дороги?
6. Вы можете поменять деньги в любом обменном пункте аэропорта: курс примерно одинаковый и ненамного выше, чем в городе.
7. В такси можно расплачиваться как наличными, так и кредитной картой.
8. На каждой станции метро можно взять схему метро, где есть вся необходимая информация.
9. Бесплатные туалеты есть во всех крупных магазинах, парках, общественных местах и на всех станциях метро.
10. В случае необходимости звоните мне на мобильный в любое время.

國家圖書館出版品預行編目資料

俄羅斯之窗 1：神祕之島福爾摩沙 / 劉心華、薩承科（Александр Савченко）編著
-- 初版 -- 臺北市：瑞蘭國際，2020.09
2 冊；19 × 26 公分 --（外語學習系列；80-81）
ISBN：978-957-9138-88-8（第 1 冊：平裝）
ISBN：978-957-9138-89-5（第 2 冊：平裝）

1. 俄語 2. 讀本

806.18　　109010799

外語學習系列 80

俄羅斯之窗 1：
神祕之島福爾摩沙

編著｜劉心華、薩承科（Александр Савченко）
責任編輯｜潘治婷、王愿琦
校對｜劉心華、薩承科（Александр Савченко）、潘治婷、王愿琦

美術設計｜劉麗雪

瑞蘭國際出版

董事長｜張暖彗 · 社長兼總編輯｜王愿琦

編輯部

副總編輯｜葉仲芸 · 副主編｜潘治婷 · 文字編輯｜鄧元婷
美術編輯｜陳如琪

業務部

副理｜楊米琪 · 組長｜林湲洵 · 專員｜張毓庭

出版社｜瑞蘭國際有限公司 · 地址｜台北市大安區安和路一段 104 號 7 樓之一
電話｜ (02)2700-4625 · 傳真｜ (02)2700-4622 · 訂購專線｜ (02)2700-4625
劃撥帳號｜ 19914152 瑞蘭國際有限公司
瑞蘭國際網路書城｜ www.genki-japan.com.tw

法律顧問｜海灣國際法律事務所　呂錦峯律師

總經銷｜聯合發行股份有限公司 · 電話｜ (02)2917-8022、2917-8042
傳真｜ (02)2915-6275、2915-7212 · 印刷｜科億印刷股份有限公司
出版日期｜ 2020 年 09 月初版 1 刷 · 定價｜ 450 元 · ISBN ｜ 978-957-9138-88-8

瑞蘭國際

瑞蘭國際